美中国——

扶风而行

禾源 ◎ 著

三环出版社
SANHUAN PUBLISHING HOUSE

图书在版编目（CIP）数据

扶风而行 / 禾源著 . -- 海口：三环出版社（海南）有限公司，2024. 9. --（大美中国）. -- ISBN 978-7-80773-312-6

Ⅰ . I267

中国国家版本馆 CIP 数据核字第 2024FH6475 号

大美中国　扶风而行
DAMEI ZHONGGUO　FU FENG ER XING

著　　者	禾　源
责任编辑	劳如兰
责任校对	郑俊云
装帧设计	吕宜昌
出版发行	三环出版社（海口市金盘开发区建设三横路 2 号）
	邮　　编　570216　邮　　箱　sanhuanbook@163.com
社　　长	王景霞　　总 编 辑　张秋林
印刷装订	三河市同力彩印有限公司
书　　号	ISBN 978-7-80773-312-6
印　　张	13
字　　数	150 千字
版　　次	2024 年 9 月第 1 版
印　　次	2024 年 9 月第 1 次印刷
开　　本	690 mm × 960 mm　1/16
定　　价	68.00 元

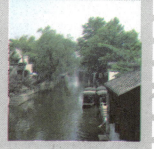

扶风而行
Contents
目 录

◎王多兴 摄

秦淮河底的两盏灯

秦淮河陌生啊！陌生到没见面时可以胡思乱想。诸如：约上几个朋友坐上画舫，欣赏精彩艺技。让琵琶弹去是非，凭三弦拨来浪漫情怀。顺流而行，逆流而上。只要两岸霓虹灯不灭，我这画舫就行个不停，听累了喝，喝累了唱，唱累了，打来秦淮河的水泡脚。陌生是老师，是胆量，是猖狂。把乡村谦卑之骨在秦淮河上换一换脊髓，借助河水荡漾，一夜间流淌出帝都大气和才子不羁的热血来。

可到了秦淮河边，觉得这里并不陌生，就是人多得记不起名字，人各自忙着互不招呼而已。一见"夫子庙"，"高山仰止"之念，一下闪出，比我的影子还要快。见到"明远楼"前热热闹闹，我误以为是一场科考发榜，立即挤到前面，看看自己是否金榜题

名，结果才知自己来晚了几百年。"李香君"故居，我一直挤不进，我喊着让开，让开，我要为《桃花扇》的李香君抽一滴血，化验一下她的血型，凭什么滴血染纸开桃花，一扇万古情。"媚香楼"这里是"五陵年少争缠头"之地，我还是不去。"乌衣巷"更熟悉了，他家的燕子可能都进过我家门，就不足为奇。多少年来想着，一个陌生的地方该有意外的收获，或有什么奇遇。一直善于幻想的童心，在秦淮河边又成熟了许多。秦淮河滔滔人流，秦淮河不眠灯火，实实在在告诉了我：目识是形，知识是名，神识是灵。秦淮河虽未曾相见，但已经相识，更多的还在知识和神识中。好在那些放荡不羁的胡思乱想，都在人流的拥挤中丢失了。

我舒心畅怀，登朱雀桥凭栏观景。顿感眼花缭乱，繁华大概就是让大家一双眼忙不过来。这里看景如初夏进山，满目绿海花涛，根本顾不过来细品一<u>丛</u>一束。朱雀桥夜海光涛，也让人静

◎王多兴 摄

不下来看一品一款。远处千窗万户飞光流波，近处色彩斑斓，壁画在变幻的灯光中灵动，龙能飞腾，云有霞光；雕塑在色灯中有了血性，黑白的原色成了骨头，深深隐藏；彩船款款而行，歌舞升平就集结其中，原来太平盛世就是一艘艘彩船的行驶。帝王将相下江南见此景，浅浅一笑，闭上双眼，关闭一身疲惫，站到船头，舒展开身心，极目秦淮河，深深吸口气，沉浸在柔媚的霓虹灯光里，真想一沉到底，不再上岸，人间正道啊！才子们也从贡院出来，一下子抛却功名，求得一代风流，把酒临风，长袖挥去功名帽，纸扇摇来万般情。豪富们也学得儒雅大声咏唱："人生得意须尽欢，莫使金樽空对月。天生我材必有用，千金散尽还复来。"一夜一掷千金。多彩的灯光点亮了人的本性。

此刻我无法登船泛灯，无法听秦淮河行波划桨之声，只能看两岸灯火争辉斗艳，只能看桥下船来船往，只能看秦淮河里辉映两岸。河里的灯点着岸上的热闹，岸上的灯点着河里的繁华，我看了好久好久，我的双眼眯成了缝，所有的灯浓缩成了两盏，一盏点在岸上，照着实实在在的一切，一盏点在河底，只照亮这世界的影。但我不知道哪个照得更真切。

秦淮河灯若群星，但我细想大概只有两盏，一盏如日，一盏如月。

声声扬州好

　　一到扬州，见路两旁的路灯，状如笔竖，向天求墨；折进运河边则垂柳依依，款款牵情，亭台楼阁，处处中意。我的身体急着要推开车门，想早早投入扬州，让七孔开窍，嗅足、听满扬州的风声雨话。可是抬起脚想走下车，才知双脚在颤抖，感觉身体的内气在滋滋地外泄，顿觉双眼一黑，什么都看不见。

　　一次闲聊中有人说：人一旦生病，或老了，总打不起精神，

像丢了魂，大概身体就是魂魄的家园。生病和老，就是家园破旧了，破旧的家园自然守不住魂魄，魂魄不居家，家没了主，自然精神不起来。我觉得这话说得在理。

于扬州，我的身体确实居住不了魂魄，前夜醉酒，今天一路劳累，头发蓬乱，衣沾酒气，眼角粘黄，满脸尘垢，乏力头疼。这个檐蒙蛛丝，堂不洁净，窗不明亮的房舍，相对于富丽而典雅的扬州城，怪不得魂不守舍。

用药、梳洗，经过一番休整，魂魄若定，便急急游览扬州。

风吹得很轻，雨蒙蒙地下。不见风帘，也不见雨粒，此时走进瘦西湖，完全是一场梦境。湖边的柳条沾满雾水，低垂钓湖，时不时落珠点点，想引湖上钩，而后扬枝起波，可是瘦西湖只吹吹小泡又静若处子。我悄悄地从一棵棵柳树下走过，看过柳条，看过湖面，它们都是这样静静相持，绿树掩映的亭台让柳影歇息，临水而居的楼阁则让湖水小唱。

祥静得本可让我脚下的青砖大胆地长出青苔，可是这铺路青砖磨得光亮，在烟雨的潮湿里，磨砖为镜成了真实。一双脚，两双脚，古一双，今一双，一双走过，一双走来，瘦西湖边的每条路都被磨成了镜。

走在这青砖如镜的路上，一直担心着打滑，小心翼翼中我的脚步短小了，脚步声轻得听不清，用双眼读着湿漉漉的脚印，则清楚地读到这是徐园，那是郑板桥的"观芍亭"，那又是苏轼的"苏亭"；东有"春流画舫"，西有"梳妆台"……就这样一处处地读着。有些累了，想到亭中坐歇，看看湖，看看白塔，想象当年盐商在画舫中如何与文人墨客摇扇赋诗、研墨书画。想象又如何为讨乾隆帝欢心，一昼夜盖起一座白塔。然而瘦西湖游船从我

面前而过，咿咿呀呀中摇来了"满眼浮云幻莫窥，逢君说破古今疑"。此风此语，如一股酸辣味扑面而来。瘦西湖，本就有"舞榭柳荫中，楼台烟雾里，箫鼓夜来多"的记载。爱看就看，爱听就听，爱演就演，自古许多看客，既演也看，看看听听，便留下了不朽名作，何须一语道破呢！

迈出瘦西湖，我觉得又打不起精神了，是流连牵魂，还是"八怪"引魄，总觉得我要住下，慢慢看，细细记，不能这样急疾而趋，但脚还是拖着身子走了。

"八怪"纪念馆，几尊塑像聚集一堂，我认不出哪尊是金农，哪尊是郑燮，看看这尊，瞧瞧那尊，干脆坐在他们中间。八怪没有脾气，没有动怒，没有扬长而去，依然形态如故，原来他们的魂魄都画到作品中去，他们的脾性都体现在作品中。怪不得他们的画那样有生力，一天天地涨价。我见过黄慎的真迹，就从20万元开始，仅两年时间就涨到了60万元。

望着塑像，我急着招魂呼魄。让他为我找一找福建老乡华嵒、黄慎，再指引我看看"半边枯"高凤翰左手作画。"金农卧室"，小得如古代官吏的腰牌，很快把我魂魄打了回来。金农穷啊！好在徒弟罗聘，要不然魂魄驾鹤，尸身无归。

我站在纪念馆的大杏树下，双手抱胸，揉住惊魂归魄，看杏叶飘落，满地铺黄。唉！扬州可是遍地黄金之地啊！它怎么会这么穷！

老家有则故事，是这样讲述的：一位后生在老家经营棺木生意，一天正在溪里漂流原木，突遇大风雨漂到了扬州。见码头人来人往，货物堆积如山，一块繁华之地啊！他把原木垒到码头，就迎来了木材商，他非常顺当地进了木材行。才住下一天，根本

◎ 孙明喜 摄

不了解行情时，就有人来问售价，结果他开的价位太低，人家不要了，原来扬州人是以价论质。他变得心狠和聪明了，以高出老家二十多倍的价格成交了第一桩生意。没想到这一来，没几天售完了棺木，一下子发财了。

临近年关，他便上街采购些年货准备回家过年。值午后三点，他居然看到前年去世的大嫂，挑水沿街走过。他又惊又疑，取出身上的铜钱，往水桶里扔去，以此验证是人还是鬼。只见铜板从桶中丢到地上，便知道这是她大嫂的魂魄。便跟随而去，后得知，扬州城生意兴隆，上午是阳市，下午还有阴市，大嫂开的正是一家卖水店。他对大嫂说："要回家过年了，要把一张太湖石桌运回家，可苦于路途遥远，不知如何走啊？"大嫂说怎么来就怎么回去，子夜时分把石桌搬到运河边，我叫船送你回去，你上船后，要闭上眼，听到鸡打鸣再睁开眼。

他依照而行，只闻耳边风呼呼地响，好一阵，一声鸡叫，睁

开眼，只到乡村水尾处，结果这张桌就搬不到家，就铺在溪边，乡村人都称桌石，妇女们常在这块石头上洗衣。

"八怪"选择在扬州作画、卖画和故事中大嫂一样，因水而富。穷是因为他们养的是灵魂，灵魂本来就不要财富，只要能糊口作画，把灵魂画到画中就行了，怕什么穷。

随后又游走了广陵园、大明寺等，身体感觉越来越轻松。大概窍门、心门都关门闭户了，也有着那位后生发财的满足。

我也走到了运河边，但我不是在找运石桌的码头，左看右看，是因为我分不清水流的方向，看不到流古流今的脉络，只觉

孙明喜 摄

得水是从地里涌出，一河上涌的水，浮出自己孩提时的游戏。顿感游戏的玩法与帝皇的玩法是一个样，我喜欢用锯下的木粉筑着长长的墙，喜欢用小锄头在有水的地方挖条小渠让水按我的意愿流，喜欢把伙伴分成敌我，扔着土块打仗等。只不过帝皇玩真的、大的，我们玩假的、小的。秦始皇筑万里长城，隋炀帝开运河，成吉思汗策马打杀许多人。原来伟大简单到只要能玩大和玩真。

　　我还是左看右看，当然还不是在找码头，只是想通到老家的水路该怎么走，可我把握不准比乡村大得多的地盘脉络，最后还是决定怎么来就怎么回去吧！

长醉绍兴城

有人常住，有人交往，肯定就有酒。大概与柴米油盐一样，生活的人离不开酒，然而我想它的品位会高出一层，是让人神情向往。

绍兴是座城，也是一杯酒，我是从语文老师给我讲语法中借代手法时知道的。当时他用的例句是："请给我捎回两斤绍兴"，说是借产地代替产品。酒与城能这样相互替代，可见渊源的深厚。

孩提时我就知道酒气善飘，母亲温一壶酒，酒香就溢满庭宇，一家人都醉在这酒香里，深深地吸进，轻轻地呼出，不管日子过得怎样，这一刻是很醉人的。绍兴城以城池为杯，这样一杯偌大的酒，香飘多远，能醉倒多少人，凭我的心力，无法评估，但今天我走进绍兴城，感受绍兴长醉其中，永远有着醉酒一样的情态。

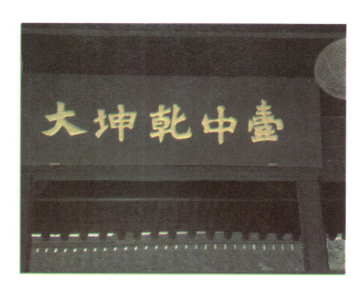

老街老屋老招牌。老在善饮，饮下岁月，饮下了绍兴城的猎猎酒旗风。古街宽敞，是酒气给撑宽的，一顶顶轿子走过，一个个醉汉左摇右晃；更何况孔乙己常满口"之乎者也"拖着破长衫，满足随酒气洋溢，摇摇晃晃倘佯在街上，后面还有一大群的孩子跟随着嚷嚷"不多不多，多乎哉，不多也！"赞叹和欢笑如浪随涌。若是街道小了，就容不下一出出世态百戏台台上演，就饮不了浮沉片刻的醉人场景。醉一时，醉千古。

老屋瓦楞的那种黑，也是酒气熏陶的。春酿桃花冬酿冬至，柴火烧得旺，烟熏瓦楞，米香绕梁。瓦楞一年年，一代代熏过，比常醉的爷爷、父亲的脸色还黑得深沉、黑得透彻。绍兴的老屋比起我的乡村来，黑得工整有序，大概这里一酿起酒来，不论是大户人家，还是平头百姓，千门万户灶灶争旺，家家添火。我仿佛听到坐在大厅的鲁四爷，呷一口茶，吩咐着：火烧旺，炊透米，酒香飘万里！也听到戴毡帽的老农坐在灶头，抽着烟说：糯米真香，酒更香，舍了肚子，求得一醉啊！这一刻整个绍兴城已醉在酒中。

今年酿，来年喝，鲁四爷喝的就是陈年的酒，他喝完了酒，听到东头母猫在叫，又听到西头雄猫在呼应，瓦楞上是一群群猫儿在赶场。鲁四爷骂了一声，便到了四姨太的房里去，长长叹一口气，这酒啊！怎么回事，猫也醉情。后来猫喵喵地叫着，鲁四爷也呼呼叫着，毡帽的农家也呼呼叫着。老屋的瓦楞静静地听着，把醉酒情怀遮得严严实实。太阳出来，大家都从猫那里学会伸懒腰，鲁四爷也伸。醉酒的欣喜只有瓦楞最清楚。一次新奇，两次明了，三次糊涂，无数次的重叠，变成深沉黑色。我读着一凹一凸的玄黑瓦楞，除却遮阳挡雨，觉得它的窠臼里还逗留着更

多的醉酒情怀。

绍兴城酒出名，人也出名，于是这里牌匾也多。门庭横匾，檐下挂牌。有名才有招牌，不管是什么匾一定是为了显赫扬名；不管哪张牌，都是为了昭然显著。就像喝了酒，先上脸，而后气壮声粗。长衫摇扇过市，很爽地诵读："古来圣贤皆寂寞，惟有饮者留其名。"出入有匾的老屋，不管是哪类匾额，此时牛的就是这踱进踱出的风采，就是醉酒的自信。短衣短裤站在飘扬的酒旗下，酒喝得更是洒脱，一碗酒，一仰脖，喝得爽快，呼出所有的劳累，一句话随心随性。酒，真解渴！一边扯着衣角擦汗，一边看酒旗飘扬，舒畅近乎超脱，没有疲劳，没有不顺心，众目睽睽之下，他的爽快，笑了店里店外的一切，醉得酒旗飘荡不定，醉得招牌都在滴酒。我一触目"咸亨酒店"几个字，如饮百盅，一直迈不开腿。

绍兴长醉，一醉不醒，河埠头乌篷船也没醒，一切都是醉态，我忘记岁月，所有的场景都是曾经的笔墨，曾经的情形。到底是鲁迅先生抄袭了这里，还是这里在演绎着他书中的情节？我醉了想不出所以然，我究竟怎么离开绍兴的至今都记不起来，哪还能想别的问题呢？

南浔与月有关

　　捧起南浔，丝绸质感从指尖滑入周身，感觉中再细腻的肌肤也敌不过它的柔嫩，只有水和月色才能与之永久缠绵。在这水灵灵的经典南浔面前，多深的定力也显得不足，赞扬中暴露出自己的粗糙和笨拙。"闰土"，一个中年"闰土"，抱着厚重的"江浙雄镇，丝绸天府，水乡泽国"等题字，跟随着主人处处流连，直

◎王多兴 摄

至坐上沿鹚鸪溪而行的乌篷船，才把这些搁到船上，腾出手来拭把汗，才安静地听着吱吱呀呀摇橹声，才开始细心品读着水中南浔，慢慢地领悟水中的月，月下的南浔。

◎王多兴 摄

橹声并不很响，划出的水声也很轻，是因为摇橹的吴家女子力道不济，还是这橹声、水声本来就是这样轻声慢语，我向着水中的一座座大宅门询问。但出入大宅门中的身影，不见宋时开疆拓土创下基业的南浔先贤，不见明清时种桑、植麻、养蚕、抽丝的忙碌身影，也不见为"辑里丝"争市的商贾风流，全然是当今风华。他们没有一个人能清楚回答我的问题，交头接耳，窃窃私语，我听不清只言片语，但从他们的神情我读懂了一些，那是一种心悦诚服的表情。大宅门中的主人不仅家财万贯，而且学富五车。在大厅中，摆下忠孝尊严、诗书礼仪；在客厅里，演绎着生意通达、诚信经商；在假山、亭台楼榭中，收藏生活情趣；在精美的雕刻中，琢磨着人生追求。但这一切都深深隐藏在高高的马头墙内，厚实的大宅门中。就连那号称"江南第一宅"中西合璧的张石铭故居也一样隐藏其中。深潭隐蛟龙，宁静而致远。当年橹声和水声也是这样轻。轻轻地摇，慢慢地划，一船靠岸，一船驰出，不急不躁，不紧不松，不张不扬，运进桑麻蚕丝，运出锦缎丝绸，坐在船上，在月光下沏着茶，轻声慢语地谈着交易，摇回了南浔巨富：有白银百万两以上的"四象"，五十万两以上的"八牛"，在"四象""八牛"之下，还有七十二家豪门、财主，俗称"七十二狗"。

南浔的物语是橹声水咏，是蚕言丝话。橹，咿咿呀呀，向水诉说着来来去去中的风风雨雨；水，任凭着橹的拨弄，哗啦啦

应和。推前、拉后，迎向太阳，拉回月亮，南浔的岁月就是这一橹橹摇来的。有谁还能比这橹更清楚浔溪、鹧鸪溪的深浅。蚕，把话语和着桑叶细嚼慢食，又随着吐丝绵绵不绝地漫话着锦绣前程，一根接着一根抽出，一句接着一句倾诉，丝绸之路的源头就在这一言一语中说定，最后就连破蛹而出的蚕也做了月亮的女儿，成了南浔的精灵，翻飞出南浔特有的花前月下。风沿溪徐徐地吹着，南浔的物语忽隐忽现，默默静听时，我如入引箫弄月之境，南浔——江南小调是不是用"箫引月下"才表现得更出神。

夜深了，月明亮了，风清爽了。白日里看到粉墙黛瓦此时比我更安闲自在。"百间楼"道道高耸的封火墙，映在水中，似白云乘月，我分不清是人居还是月居，是人间还是天上。嘉业堂藏书楼的惺忪灯光，虽不能照彻皓首穷经，却点亮了"抗心希古"的心志。隔溪而望的小莲庄几声稀弱的蛙鸣，问月！莲花洁净能如月吗？这里的一切仿佛都在与月有缘。豪门望族，高官雅士，商人布衣，在这样的月下是不是一样想到，摇着船跟着月亮走上一程，静心享受这程路的轻松。我不敢肯定，也许人心各有所怀。"今人不见古时月，今月曾经照古人"，但月亮的心亘古不变。

南浔溪水潺潺，流来流去；南浔月光灿灿，照古照今。但流不去南浔的今古所在，褪不去南浔的千秋月色，南浔是月亮的故乡，南浔也是月色浸渍的南浔。

风景古玩城——横店

　　没进浙江影视城横店之前，对这制作的风景心存偏见。想无论形态如何的逼真，充其量只是模具。秦宫汉府，古城老巷的灵魂难道也能在这里安家吗？然而走进横店就有一种进入古玩城的感觉，目之所及一样样，一桩桩都是一段段历史的记号，流连其中，历史中的许多人物、故事就会在这里邂逅。秦始皇借助玄色龙袍，让身躯在以黑为主色调的秦宫里发着暴戾淫威；梁山好汉杀富济贫的明火幡旗摇晃在宋朝老街；八旗子弟擅骑精射威武，

在点将台前……林林总总，古戏今演，历史重生，置身其中，今古同台，神思飞扬，忘情时空。

原始的声响，是敲开古老大门的最好信息。轰雷、暴雨、山洪、山风、鬼哭狼嚎，声声作响。夜黑成隧洞，群声众响让今人听到远古荒原的天籁之音，感觉中时下人是巫，人是神，人是鬼，人是人。傩祭就在这里开演，巫师的长袍甩出比许多神仙还古老的风，香炉檀香招的也是尚古自然天神，那把长剑斩除的也是自然派生的妖魔鬼怪。祭祀的巫师，吐雾喷火，剑斩脚踢，妖魔降服，风停雨歇，洪退日朗，树绿鸟欢，神定民安，风调雨顺，围着篝火载歌载舞。从荒原到耕读，从天上到农家小舍，从神灵到凡夫，一切和谐合一，合成了一台表演，让我们真切听到历史天空的回音。

原始的火光，是照亮走向远古隧道的天光。火山爆发的红

火，冰川凝固的清辉。看到了恐龙绝迹，看到了地球板块重组。如实真切的火山熔岩把古今流到了同一条河道上，纷纷雪花把看客和演员同罩在一个时区。汗牛充栋的地质专著远不及这火光和冰辉读得明白。青天碧海，莲花座上的祥和之音，原来是在水火中诞生。随着时光流逝，流过岩浆的火山渐渐绿了，中国的四大发明让人类安居乐业，最后一个偌大的"和"字展现在这个大舞台上，书写了人类共同追求的目标。

离开横店已有数月，然而这用声、电、像构造的历史情景挥之不去，不得不佩服这里的创意。它让人直观地走到了远古，走过了中国千年的历史街衢。我纠偏修正自己的看法，横店不仅是影视城，也是古玩城，还是一部直观的教科书。

村子的亲戚——周庄

　　上海笔会一结束，我即悄悄地前往周庄。一路上我的思绪与车的轮子转得一样快，从村子转到周庄，又从周庄转回村子，"村庄"二字成了轴承。

　　农家人聚集而居的地方叫村庄，我的脑子里多次重复着这个概念，想从中能找出自己村子与周庄有一种理所当然的亲缘关系。

　　我知道村是村来庄是庄。村夫对野老，庄人配庄主，村与庄区别还是挺大的，寻找亲缘全是因为我对周庄想拥有一种亲情的爱。

　　周庄的热闹的确不凡，游客穿梭，南腔北调凭风轻送，来往的人群中还有许多背着摄影包，挂着记者证的，凭经验敢断定有一项大活动。果真如此，原来是周庄旅游文化节，国际名模在这里决赛。这些的热闹我只是囫囵吞枣般地咽下，因为我有着一种代表村子来攀亲的情愫，努力寻求的是那种亲缘的契合点。

　　水，周庄的水，我首先领悟到的就是这水的魅力。这里的水静，静得能把房子和绿树复制得纹丝不动，静得让人们不知自己的走向是顺流还是逆流。

　　来往的小船也是静静地驶着，一橹一桨的吱呀声和划水的哗啦声，摇船阿婆唱的吴歌侬语，随船来而近船去而远，一样样听得真真切切。想象中这里若是传出马达和汽笛声，先气煞的一定是水，然后是前门后门码头的浣衣女。

在村子里我总喜欢面对着静静的水，照着自己的形骸。看到这水，过去兴趣再次萌生，我走到一家码头，面临照水，寻味童年，这湿漉漉镜头，看到了自己身边船上小女孩倒着头在看书，看到了摇船阿婆头顶着水打瞌睡，童真的嘻嘻欢笑，笑出了中年人的哈哈声响。

水，周庄的水，与村里白鹅浮影，落英漂流的溪水，与洗衣的女孩说手被鱼儿亲得痒痒的村边溪流一样，一样浸渍着安详和谐，一样隐藏着洁净禅心。

虽然说周庄是"七里一纵浦，十里一横塘"，水为街衢舟为履，然而千百年来的泽国求土，不仅是"桑田美池，阡陌交通"，

○ 陆和寿 摄

也是"屋舍俨然，弄巷纵横"。这巷道可以沿溪而行，也可以庄中而贯。若说周庄的河是脉络，那么这石块铺造的街衢可以说是骨。于是我便提履赤脚而行，用肌肤去感受周庄坚硬的骨性。

我熟悉石性，它知热知寒，日晒则热，树荫则凉。我熟悉这样的路，它洒满俗话俚语，晨出问好，暮归报安。我沿街走入张厅又到沈厅，用脚读着石板路的每块石头，用心体会着每一关节的骨性。"江东步兵"张翰"莼鲈之思"毅然返乡；周迪功郎"舍宅为寺"，民瞻功德，周姓冠庄；财神爷沈万三，千家店庄，万里生意，朱元璋称帝时捐建南京城墙三分之一，他机灵让猪蹄姓万三，糊涂犒劳官兵，被贬客死他乡；陆龟蒙兴作《告白蛇文》与白蛇签订友好相处协议；刘禹锡永居"清远庵"……

　　我坐在河边的石条上，脚磨着光滑的街石，心揣度这些粗糙的历史故事，感悟中周庄的"骨"和我乡村的骨骼一样，是"禅心道骨"的"骨"。

　　村子的大爷对能走出村弄的人总有这么几句告诫的话："人怕出名猪怕壮""枪打出头鸟""风疾劲草折"……这些话用周庄的方言说，就是周庄巷弄中的俗话俚语。

　　周庄，河分经纬，桥贯一统。庄上的十几座桥就像姥姥自制的十几枚布扣，把两边的老屋紧紧地扣在一起，千百年来依附在水乡泽国上，风来挡风，雨来遮雨。

　　"摇啊摇，摇到外婆桥"的歌谣，是庄上姥姥在缝制小外甥褂衣纽扣时唱起，是庄里外甥穿着褂子，倚着桥栏，看着船儿唱着。外婆的关爱缝在小褂衣上，从桥一端寄来；外甥的想念又从

桥的这端凭来往船儿捎去。这桥不仅架通庄里的两岸，还架通了一代代人的情怀，架通了天下有缘人。

走过万三之弟沈万四建的"富安桥"，自然想起"苏湖熟，天下足"的江南富足，想象到沈厅门庭若市，会客厅里一茬杯子还冒着热气，又换上新的一茬。

来到了"贞丰桥"，会看到唐寅摇扇而过，会听到从"迷楼"里传出陈去病、叶楚伧、柳亚子等南社词人品茗调侃，会听到"小占南湖一角天，剪灯楼上月如烟"的吟唱。

踏上"钥匙桥"，也称"双桥"，领会到这名字是取形而合意，一把钥匙佩在周庄上，锁住的是古镇的风貌，是画家陈逸飞的《故乡的回忆》和古镇一样的浓浓乡情。打开的是周庄进进出出的大门，让周庄缘结八方游客，让周庄凭一张邮票走向各地。

桥，周庄的桥，一桥一样式，一石一故事。走到这桥上，就会足蹬万里，思通千载，我从桥上一步跨入村子，从周庄人家"围堰圩田，架桥跨圩"想到了村里人"逢山开路，遇水架桥"，他们有着异曲同工之妙。"村与庄"为求生求富都一样的智慧和不屈。

走进周庄，我找到了周庄的"莼鲈"之味，嚼着它，满口是：水隐禅心巷走道，宅藏诗情桥通津。

走出周庄，我找到了村与庄的亲情，爱着她，心中恬静着：古树照水影浮鱼，青苔绿瓦庇老屋。

周庄，走进你时我带着村子而来；走出你时，你成了我心中的村子。我爱你周庄！

白水洋——天笔书奇观

　　鹫峰山脉如一条出海游龙，在闽江登陆，一峰拱着一峰横贯闽东北。最宜生灵繁衍的亚热带体温，让这条青龙永远生机勃勃，百草丰茂，树木丛生，群峰竞秀，万壑争流，以博大的大山胸怀，成就了东南山国胜景。细读一路风景，惊叹赞美之时，会轻声自语，绝版"白水洋"。对！这鹫峰山脉中段，屏南境内的白水洋，就是天工地匠盗下天笔，描绘的一幅绝笔奇观！

一

　　峰回路转，柳暗花明；飞泉挂瀑，九曲回肠；雾锁幽谷，深潭养蛟；怪石走兽，仙姿奇岩……林林总总全是绵绵大山与潺潺溪流吸天地之精华孕育而生的人间奇景。白水洋把这些景观当作点缀，描绘在自己花边和扉页里，用天笔写下了真"奇"。

　　"奇"字，大和可的组合，可以释为：一个珍品，超乎寻常的大，可还是玩得起来，这就称"奇"。仙耙溪与九岭溪走谷闯滩汇合到这里，排山移峰冲出一个偌大的水上广场。山中呈现水上广场本就神奇，然而更奇特的是整个广场一石而就，平坦如砥，水深仅没踝，水清石洁。站在白水洋边最高的五老峰俯瞰这万米广场，十里水街，会惊奇自己的发现，它是一支被遗落山坳的写完绝笔一捺的天笔。笔管径直，笔头挥毫，毫端下还有一弯月牙形的砚池。管、毫、池就是人们所说上、中、下洋。这支天笔够大、够雄，长达2000多米，其泼墨的笔头（中洋）总面积达4万多平方米，最宽处达182米。天笔一捺，十里烟波足以震撼人心。奇！

常说：真水无香，真水无色。可是"白水洋"的水有香、有色，当然，其味、其色都不是来自水，而是来自四时山风野嗅，来自五彩河床，来自朝晖夕阴。白水洋绿树戎装，奇花争艳，异木藏香。一年四季都有花香草嗅，漫步其中，自然兜得满袖清

香。上、中、下洋的河床基石，色彩不同，天然彩绘，清水流过就色彩斑斓。用赤、橙、黄、绿、青、蓝、紫或铁、锡、铜、火、菁等来描绘，都觉得不能准确描摹出自然画师调出的色彩。不得不叹服这神奇之笔的奇光异彩！

临水观景，醉中恣肆；忘情亲水，童叟同怀。白水洋不仅仅是俯仰之间，转身之际处处有可观之景，更可贵的是它是亲水的天堂。人人看景，人人亲景，人人是景。踩水、冲浪，打水仗、沐水浴，走鸳鸯板、骑自行车，各寻其趣，各得其乐。一捧水是一串笑声，一洋水是万般风情。如是真山真水，又童叟无欺，自然男欢女爱，怪不得许许多多的嘉宾骚客在流连忘返中，赞不绝口：人间奇境！

二

山有多高，水有多长，山水相依相牵，走过一个个岁月，这是自然之道。千山万水中，有许多的山中湖泊，溪涧深潭，险滩奇瀑，只称奇而不叫绝。但在重重的大山中，一块平展展的 8 万平方米的浅水广场，汛期不泛，旱季不萎，堪称一绝。不要说大漠戈壁、黄土高原，就是江南水乡和南海之滨也是不会有的。

仙耙溪与九岭溪两溪交汇于白水洋，这样以水流为向导，通向白水洋就有了三条通道，但这三条水导的通道（包括白水洋出口的下游鸳鸯溪），都是在峡谷中穿行。谷深万丈，壁立千仞。就如《蜀道难》描绘的"连峰去天不盈尺，枯松倒挂倚绝壁"。穿行在峡谷中的溪水，终日没照过太阳，阴晦之气弥漫着每股水流，

然而走入白水洋，豁然开朗，即刻感受到日光朗朗，惠风和畅，鲜活之气油然而生，特别是到了让它们欢欣雀跃的宽敞的中洋，溪水在阳光下舞成白花花的世界。一到这里水活了、气顺了、风爽了，人也活脱了。真正印证了老子《道德经》中的"谷神不死，是谓玄牝。玄牝之门，是谓天地根。绵绵若存，用之不勤"的玄机。寻古问今，细思慢想，再看沙盘中鹫峰山脉，群峰罗列，几条小溪流出通道，这偌大的白水洋在自然的棋盘中，无疑是一块绝大的活眼。

许多人到了白水洋，喜欢说上一句："享受白水洋！"享受这里天然洁净的一切，空气、水、河床、树木、花草，还有白水洋洁净的每块石头。诸多名山秀水，有多少的岩石，就有多少的摩崖石刻，红得刺眼的碑文，把山水都给烧出了臊味。白水洋的石头趁春季温润长几簇青苔，或一两片撒落时错位的种子嫩芽。到夏季时青苔结疤，嫩芽枯干，或黄、或白、或紫，本一切都在自然中，可在许多游客的眼里白水洋石头开了花。当然也有人说："多了自然，少了人文！"然而也有文人享受过这一切，坐在白水洋边，望洋兴叹："大音希声，大象无形，大美无言，我要再加一句绝净无字。"确确实实，白水洋是个不留任何附庸风雅烙印的洁净山水。

三

无字天书，天意玄机，叫人无法可解。白水洋这天笔遗下的有形之作，亦如天书，页页是谜，一样无法破解。就如文学评论

中说的：有100个读者，就有100个哈姆雷特。

有专家说白水洋地质属古火山构造，发育在宜洋大型破火山口之上。破火山口以中心侵入体为中心，有若干次一级火山口和潜火山岩体围绕其环形分布，是一座典型的卫星式破火山口。并以丰富的火山岩岩石与典型的火山地质现象予以论证。

也有的说是奇特的河流侵蚀作用，是流水雕塑大师的杰作。白水洋成长为一个宽阔的平底基岩河床，历经了三个阶段。

第一阶段，距今约9000万年前火山活动，由岩浆在近地表处沿层面流动铺开，形成与流纹岩层面近于平行的层面水平节理，及北东、北西、南北、东西向垂直节理和裂隙。第二阶段，距今约530万年前的上新世纪，随地壳抬升，流水沿北西向断裂侵蚀下切，开始形成古鸳鸯溪。第三阶段，距今约260万年前，地壳活动相对稳定，白水洋一带处于相对稳定状态下的极缓慢上升，地壳上升的速度和流水下切的速度几乎相当。如是水流侵蚀动能以拓宽河床侧蚀为主。再加上仙耙溪与九岭溪交汇，增加侧蚀能力。就这样年以万计的结果，造就了这块宽阔平展、白浪滔滔、波光粼粼的"天下绝景"。他们凭白水洋地质公园中奇峰异石，石柱石堡，峡谷幽潭，洞穴崖壁等岩质为佐证。

也有专家说白水洋是第四纪古冰川运动形成的槽形谷。他们以大量冰斗、冰臼、冰溜槽和被命名为"李四光环"的冰碛砾石等古冰川遗迹为佐证。

到底是在烈中得到永生，还是冰消雪融的新境，众说纷纭，白水洋这本天书，如今还没有人能读透它，依旧页页是谜。

生长在这方水土的人把许多的谜讲成了一个故事：天公地母在造天地时，一时大意把地造太大了，天罩不住地，不得不把大地靠海的边缘捏了捏，这一捏把平展展的大地变褶皱了，凸起成峰，凹下成谷，所以就有了屏南这样的山区。但因为捏造时，突然听到山里人把稍宽敞的水田都称作洋，突发怜悯，满足这方人向往海洋愿望，捏到这里时没有用上力气，就留下了一个宽大的白水洋。故事说得简单易懂，它说明了鹫峰山脉地理结构所属的板块，也说出了白水洋既在东南山国中，也是在闽海雄风里。有着山之境界，也有着海的风情。

情根鸳鸯溪

　　一群候鸟，为了生存繁衍和多姿生活，几千年来南北迁徙。善飞的翅膀扇动了青天浮云，戏水的闲姿映下了多情倩影。鸳鸯——夫妻——爱情。不管是村姑还是闺秀，一样一针一线绣下同样的情怀；不论是匠工还是雅士，一样精雕细琢镌下共同的象征。鸳鸯即使是随季节南来北往，如落叶乔木时枯时荣，然而那美好的爱情象征就如树根深深扎在人们的心园沃土里。屏南一条十几公里的溪谷，林茂境幽，水曲潭深，岩奇瀑美，成了鸳鸯的家园，溪又因鸳鸯的栖息而得名为鸳鸯溪。因果因果，这截溪流也就成了一条情根。

溪无山，水则平淡；山无水，则伟而不灵。鸳鸯溪山水相牵，自然铸就风来雄厚，水流纵情的佳境。绵延十几公里的鸳鸯溪，两岸青山千姿百态。鸳鸯溪看山时有个特点，先是齐高相望，看对岸山峦，峰不孤独，谷不见深，就不以高耸见长，而是远峰近谷互补一体，构建许多大器奇观，诸如：观音、如来同驾雾等。然而为了寻觅鸳鸯的水中情结，人们一步步向溪涧移近，山便渐渐高大。高大的山，不能对背离它而去的人群发怒施威，只能多角色地展示自己，招得回顾和留恋。"横看成岭侧成峰"，这山何止是成岭成峰，而是转身换景，万兽附形。人不断移步，山不断幻影，"望月猴王""咆哮虎口""比翼双峰""人面雄狮""神象饮涧""巨鳄探水"等在观景者的声声赞赏中显现，山感受到

赏识的喜悦，欣悦中吹起清爽之气，又借流瀑之声得意在鸳鸯溪上。仙女瀑声色如花，珍珠瀑清脆悦耳，玲珑瀑呢喃如风，青蝶瀑蝶飞花欢，喇叭瀑抑扬顿挫，百丈瀑如雷震壑，小壶口万壑齐鸣。这一鸣可是山对游人的当头棒喝，什么是山！什么是水！

我曾在《吾土屏南》一书中这样写过鸳鸯溪的水："水总是向下游流去，姑娘嘛也总要长大。白水洋的水到了下游就成激情喷发的少妇，少妇敢妍、敢媚，敢笑、敢哭，敢怒、敢愤，敢喊、敢叫。到了鸳鸯溪，这水尽展七情六欲，比起白水洋来可谓多姿多彩。"白水洋重亲重看，可鸳鸯溪就只重看不重玩，这水一玩可能会被她一口吞没。这

里集潭、瀑、涧、洞、谷于一体，许多文人与旅游经营者配合，依形托名，给18千米长的鸳鸯溪起了诸如仓潭、鼎潭、鹰潭、仙宴谷等几十个雅号。

　　少妇的美是最有韵味最有魅力的美，所以鸳鸯溪这段风景也是最有韵味和诱惑力的。她凭奇、险、秀让痴情人赔着小心品味着，远观不过瘾，近亲又怕险，只能若即若离感受一种难舍难分的情感。同时几处撼人大美，会让人失控，放浪形骸。仓潭，千流归壑，所有的水一下子跌进深潭，在如雷的轰鸣声中，再一次重生。灵魂成了水雾，飘散在仓潭四周，在阳光斜照下架起了一条跨越两岸的虹桥。驻足边上的大青石上，清凉扑面而来，一会儿便弥漫全身，透骨透心。在这里，你会觉得自己仿佛成了一滴水珠。有的人初见此景，会情不自禁地张开双臂，大声狂吼，但他的声音丢进这万壑归流的水声中，近在咫尺的游伴也听不到。要是你躺在大青石上，想得到日光和水雾双沐，可一会儿便难以忍耐这种足以抽去全身热气的清凉。多少游客豪杰，从鸳鸯溪归来，会觉得整个人好像一下子被抽空，知道自己的力量太微薄了。让万物显得微弱的鸳鸯溪水，一样也让情字微弱，微弱的只有相扶才有力量，至情的鸳鸯就是这溪水给浸渍出来的。（当然有专家说鸳鸯最多情，并不是专情，也就是说它永远不鳏寡孤独，失即觅，永远成双，让人认为是挚情。）

人喜欢看奇异景观，感受奇特感觉，观海时，有人喜欢站在乘风破浪的船头，放歌"我爱这蓝色的海洋"；登峰时，有人喜欢站立峰顶振臂高呼"山登绝顶我为峰"。这是梦中能飞的那种感觉。鸳鸯溪绝壁栈道，就是让人有这种感觉的一条通道。深谷云雾都踩脚下，俯瞰间见鸟飞云往，鸳鸯溪只不过是一条一笔勾勒的曲曲折折的深蓝线。即使在鸳鸯溪中只是个小男人，此时也有了神仙的飘逸。在栈道上会听到许多的放歌声和高呼声。

因为常去，我少了那种感受，便琢磨起栈道崖壁上的一个个窟窿。鸟窝、鸟窝，管委会的同志向我证明是鸟窝，当年修栈道的工人就掏过许多鸟蛋。小鸟只借树枝起飞，也只能在树上筑巢，这能借悬崖起飞的鸟，一定是大鸟，诸如鹰类。后来听说大都是岩燕，我有些失望。虽说我不熟悉岩燕，但"飞入寻常百姓家"的家燕，是那样善良，燕族就勇猛不到哪儿去。这善良的燕族怎么能在千仞崖壁安家呢？疑问如山道一样弯来弯去。可是想起栈道来，这么多的游人都能信步绝壁，鸟又有何不可！人类有许多的想不到，动物界就更多！

游客来了一批，又走了一批。在这，他们忘我地释放了情怀，又留恋地带走了许多情愫，来人既是孕育情根者，又是情根长出的一片绿叶。鸳鸯溪真的就是一条情根，永远不绝的情根。

狮城的几条溪

　　或是这块盆地周围山形如雄狮静卧，或是缘于狮恩惠泽，或是这方水土的人的一种愿望所趋，或是……我没有去考证，然而周宁的狮城之称凭无数个机缘与周宁同存同在。

　　能有其名，就得其威，这雄狮一吼，周宁之名就荡谷震壑。周宁以绵绵大山为波涛，把周宁人的创业履迹漫于大江南北，大都市上海居然流淌出周宁街。凭着狮王的雄威，留守在老巢的一草一木，逢时开花，届日结果，一泉一溪，汩汩而出，击石飞花，入潭养龙，悠闲自在地唱着岁月之歌。

　　周宁有多少条溪，我不太清楚。但我所见到几条溪的野趣、悠然、载德载福，足以让我闭目而见形，静音而听声，忘怀而畅游。

　　形若月牙的山湾、一条溪水绕弯而流，村子就在这弯月下。俯瞰中村子背依大山，头枕月亮湾，月亮湾镶嵌着形如月牙的碧绿翡翠，我惊喜呼唤——月牙泉！月牙泉！这一湾溪水确实与鸣沙山中的月牙泉一样的精美。山坳中有如此经典的景致，就连我这生活在山里的人也兴奋不已。

　　这月亮湾只是盘龙溪大笔书画的收势之笔，沿盘龙溪逆流而上，自然是层层不同风景：滩、潭、瀑天然组合，让一路而行的

水，时吟、时咏、时歌、时吼。这里的风景可看也可听。

悬崖上的老树，大概成精或成神，望眼间就把我迷住了。曲干虬枝抱定巉岩，有的临渊听涛，有的横斜瀑布前随风沐浴。溪给树唱着永远不老的山歌，树也给溪传递着四时变幻的风云，日夜相守，相互为景，把山水的野趣情怀一出出地上演。老树丢下一片黄叶，溪流在感怀悲秋中消瘦；溪丰水涨，老树就春情勃发，吐出新叶。鸟儿濯翼戏水，老树会把枝条当作亭台楼榭；蝴蝶要与山花争靓，溪水则如镜让它照影。盘龙溪，就是因为有这树、这水，才有神龙盘踞。

奇花异木，飞瀑挂泉，这些只是点缀盘龙溪的景致，绝妙胜景是源头的蝙蝠洞。到了洞口，扑面而来的是一股透骨清凉的水汽，这突如其来的清凉，让人打几个喷嚏是常有的事。再看洞潭水色，蓝得如酿造而成，色如酒醇，幽深清冽，让人欲往而又畏其深沉，不敢轻举妄动。仔细端详洞口，我吃惊叫绝，山体人形，洞口就是一个巨大的生命之门。坐上木排慢慢划入洞中，洞里光线幽暗，但岩顶上还是时有几丝光线漏下，知道洞里有七弯八转。从生命之门进入这隐蛟藏龙之境，我的生命仿佛还原到一颗小精子，感叹凡夫之种，进来出去依旧是凡夫，若是龙种凤遗，进来再出去也可能会成龙成凤。下了木排，像深入一个个偌大的子宫，几百人，上千人可以在这里共享养分。一根粗壮的生命之根被最后一个宫殿的后门收藏，成了守护后门的一根天柱。一阴一阳，共生于一体，让我想起生物老师说过的话，鳝，雌雄同体！想起家乡的俗语，老鳝会变龙。盘龙溪也是雌雄同体，更没有一条老鳝有这条溪老，如是就自然能生龙养龙，取名——盘龙溪，就再也适合不过。

别过盘龙溪到了禾溪。我看到的禾溪只是这条溪域的一小截，一截与村子差不多长。流到禾溪村的这截溪，与村子一样深沉，山溪小涧的野性没有了，倒像一位饱经沧桑的老者，平稳安详地徜徉在村中。它，听惯了这里的鸡鸣犬吠，看惯了浣衣村姑，浸透了村里汉子和媳妇们的汗息，还常常听到村里人说的故事和偶有的读书声，于是，我说，禾溪是一条乡村的经历沧桑的沟壑，是一条流满母亲唠叨的河。

我站在"三仙桥"向溪水流进的方向看去，看不清水流来去，溪底里倒映着一堵堵老屋的墙，墙头的草动着，不知是风吹还是水流结果。若是风吹，风向就是水向，若是水流，水流有着进村进屋的意向。许多人说这村子很有风水，这大概就是风水。高高的马头墙接祥云瑞气，选好朝向的老屋，与溪流同走龙脉，有进有出，吐故纳新。

几只白鹅浮水荡波，时不时与溪中的红鲤鱼交会而又相互避让，鱼游的是水的欢畅，鹅浮的是溪流的祥和，面对这样的溪流，许多人都喜欢找几句古诗词粘贴，以附风雅，我也不例外，便摘来禾溪村民居中的一副对联记之："门临禾水家声远，第启南阳世泽长。"禾溪是村子的禾溪。

狮吼的雄风会传播到很远，周宁借助雄风，附上一张鲤鱼溪的名片，风吹多远，就把名片投到多远，鲤鱼溪也就流到了多远。

这条并不怎么宽敞的溪流，本来与许多的溪涧一样，流水、排洪、灌溉、洗手濯足、游鱼逐虾。听说浦源郑氏祖先慧眼选中这形似太极溪流为村脉，便放养鲤不断游弋，让太极中阴阳不断相生，使郑氏家族代代繁荣。从此这条溪就流淌许多故事和神

话。溪里的每一条鱼都有着人文。一溪一城邦，这里的鱼族有王、有后，有公主、驸马，自然也有许多百姓鱼，还有欲跃龙门的秀才鱼。第一次看到和听到这些，让我敬爱着浦源的先人，他们不仅凭智慧创建了浦源村，繁衍着代代浦源人，还为鲤鱼营造了一个美好的家园。

我真想一个人行走在鲤鱼溪边，最好是飘着烟雨的天气，打把伞，慢慢地走，把溪岸上磨得发亮的路石当成一面面镜子，让影子一路穿行，细心地体会着鲤鱼游弋的情愫；把从屋檐下滴落在雨伞上的稀稀弱弱的滴答声当作时光的沙漏，聆听着几百年来的祖训和家规。我还想在溪边住上一阵子，天天晚上，在溪边静坐，听着溪里鲤鱼说话。还想到鱼冢上一炷香，祈求鱼灵庇护众生灵，世界太平。可我什么都没做到，随流而来，随流而去。鱼在吞下人们投放的光饼时，也吞下了我的愿望，也许还有别人的愿望，一回吞服一点，一次吞下一个愿望，年岁越老的，它吞下的越多，难怪它游得缓慢。我喜欢大家流连，喜欢大家思味，又怕大家留下太多，使鱼臃肿了，跃不了龙门，矛盾中我只能说，一切随缘吧！

盘龙溪是本溪，禾溪成村溪，浦源溪则成鲤鱼溪，我想一切缘于"缘"字。它们又缘于狮威呵护，都流得安详自在。

福地灵水痴石

一　上金贝

　　上金贝，宁德金涵乡的一个小山村。山村吧，不管冠以什么名，金也好，贝也罢，差不了多少，背靠青山，面向园圃，一条溪涧或前、或后、或左、或右流过。上金贝是这样，但又不全是，上金贝的面前是个湖，几年前也许不是湖，而是块水田。湖虽不大，但湖水洁净，粼粼波光片片脱俗，有着高山天湖的气象。

　　山村应有的小溪涧在村子的左侧，傍着一条田垄流过，田垄就是这个村赖以生存的水田。类似这样的村子，往往得名"垄边"，而这里取了个在金贝之上的名字——上金贝！比金贝还珍贵的是什么？就是两味，一味是世间活宝——人，另一味是活法依托——精神。畲家雷公不管是冲着上金贝不同凡响的名字而来，还是偶遇，但他一定是站在这里，近俯金涵，远吞蕉城，回顾大山，俯仰之间，长长一声大吼，嗬——嗬——嗬！一声咆哮，远山呼应，近树婆娑，就是这，这足以让雷家子孙安家立命。而后开山种地，成了这里的山民。雷氏子孙守住金贝山一隅，竹竿敲响水流节，山歌唱来歌有根，代代繁衍，畲家的丈青土布

与金邶寺黄、灰僧衣一同在金贝山随风飘袂。畲家山歌唱生活，寺里梵音净尘埃。晨钟也催炊烟起，暮鼓更唤禽畜归。金贝山就这样让畲家人与金邶寺沐风淋雨，听雷看瀑，抗霜傲雪的走过了它们的岁月。

上金贝用上自己所有的日子精修，粗茶提神，粗粮果腹，粗菜下饭，自耕自足，修得一个日出而作，日落而息的樵耕大境。世世代代的大境又得一个机缘，这是一个醍醐灌顶的大觉悟、大机缘，虽说机缘随处都有，正如天地到处是道场，能把握时期、与时俱进的又能有几何？上金贝算是一个，他不是一个粉墨登场

的演员，而是勇于脱胎换骨的觉悟者，他成了新农村建设的示范点。一条 500 多米的葡萄长廊，绕过那条世代赖以生存的田垄，田垄中各色的出水荷花，随风摇曳，轻轻地传达着若隐若现的山中诗韵。长廊的尽头是樱花园、蜜柚园、茶园等。园园毗邻，共同建起了一个"科技农业观光农庄"。

上金贝发现了一座古墓，古墓"僧不僧，俗不俗，官不官，民不民，皇不皇，王不王"。又碑又塔，可没有确切的纪年，石柱雕刻全是闭嘴龙纹饰，重重疑雾从十方而来，种种猜想集中到明朝建文帝朱允炆这位流亡皇帝身上。一个小山村与皇帝缔缘，

就不再寻常，走进上金贝的不再只是畲家儿女，走进金邸寺的也不再只是僧人，有专家，有学者，考古的考古，参观的参观，一来二去，上金贝处处扬名，成了游览胜地。从此这里一切就有了标签，明朝帝陵、风情畲寨、庄严古刹、森林公园、观光农业等。明惠帝朱允炆虽以百米石雕立在山坳，我想若是他真是隐埋在上金贝，

这一出山，一定还心存余悸。虽说他出家多年，苦苦精修，能淡定面对一切，可是人们要的是他当年如何逃生？为何选择了上金贝？护卫逃生的都是些什么人？他们又都在哪繁衍？一个个问题离不开当年的劫难，离不开逃亡的惊恐。舍下，舍下，舍下的一切中，自然也有着这惊恐的一页，可是人们提起，提起的就是当年的一切。遁入空门，依然绝不了红尘侵扰，就连朱允炆圆寂几百年了，今天才有个因缘果愿。看起来因果中也有无量寿。

有的，因果一样有无量福，无量寿，无量忆，无量苦。想到这，我回头从葡萄架下走过，感觉头顶上的粒粒葡萄，结的就是牛郎织女的酸涩之果，走廊里的对对情侣，牵的就是牛郎织女的甜蜜一刻。这荷花、果园还有当下的许多，是畲家村寨的因还是果呢？是果也是因，上金贝将不再平凡了。

二　九龙井

我这里所指的九龙井是在柘荣乍洋乡。这里的井！并不是掘地取水的井，而是深浅不一、形态各具的水潭。我猜得出，这一名字的景观肯定不止这一处。至尊的九，不论什么地方的百姓都想要，这龙的大气与灵性，不论什么地方的百姓都想沾，至于井，有人处皆有井，井水养身，井深通天。但百姓不是想自己成之尊，而要的是沐浴着至尊的祥瑞；不是想自得龙威，而要的是龙恩常施，风调雨顺。居庙堂者，尊崇九与龙，处四野者，膜拜九与龙。"九龙井"之名，能上迎尊贵，下合百姓，同名同姓，自然就多。我没拜见过其他地方的九龙井，可就这乍洋的九龙井，足以让我灵动如鱼，畅快地爱着这一溪的水和每一口深深浅浅的井。

人有着鱼的习性，游览溪流喜欢逆流而上，我一样是这样，我借来鱼跃龙门的浑身激情，与这一溪的水欢畅一刻。听水声哗啦啦悦耳，触水清凉透骨，沐瀑布水雾，_丝丝_如绸，随风拂面，沾发抚肌。这水与我童年喜欢的水没有两样，于是我说：真难

得，溪水依旧是道法自然之水。要说与其有染那就只有水族与龙。乍洋人给水潭取下了"遗荷井""双心井""蝙蝠井""观音井""阴阳井""莲花井""大小龙门井"等名字，为的只是让各潭有别，景致不同，各赋法号，溪里的水，水心不变，灵性不征，一瀑一潭，养蛟的养蛟，潜龙的潜龙，游鱼的游鱼，水声传诵的永远是水流的经文。

我触摸着光滑的石崖，触摸着圆溜溜的石臼，坚硬冷漠，有着拒我千里的感觉，可我禁不住那种光滑的诱惑，强行抚摸，手心抚过，手背触过，还用脸贴过，没想到这坚硬的石身有这样细腻的肌肤。我端详着自己的手掌，两手相互抚摸，又摸过脸颊，才知自己的肌肤比起这石面还要粗糙。岁月不公啊！让人肌松肤皱，刻下一道道沟痕，面对这九龙井的石，则让至真至柔的水不停地爱抚，抚去亿万年的所有伤痕，永葆着婴儿润滑之肌。我惊叹着水的力量，能化顽石如婴，乖乖地给水打开一重重的门，让水流过，讨好地向水展示着滑溜溜的可爱一面；我喜欢水的灵性，面临几十丈的悬崖，不是收缰勒马，而是机灵跃下，整股地选择深潭跃入，失散后化作雨雾轻轻飘落，一小伙地贴壁慢慢滑下，瀑下的轰鸣声是这些水的集结号，它们在潭里重新整编，又哗啦啦向前挺进。我对灵水的这一认识，是我读着九龙井这条溪体会出来的。

同游一位老兄说：今天的太阳会咬人，可能会下雨。我理解这个意思，太阳会咬人，大概是许多地方已经是乌云密布，阳光只从这个无云遮挡的地方投下，这种不均匀的热，晒在肌肤感觉就是被咬。经他一提醒，抬头看见有几块黑云正往这个方向赶，可能是快要下雨，我放弃了对九龙井石与水的贪恋，急着往回走，可经过"金蟾望月""仙掌拍案""群龙攀岩"几个各具形态的奇石前，依旧数次回首，在回望中道别。

鱼儿以水为家，鱼儿以水为路。我真想把我的心智交给鱼儿，让我那些迂腐而又顽固不化的执念，也能被水育成像九龙井中的石肌一样滑润，让我的笨拙思维能被水养育得如鱼儿一样灵敏。我想焚一炷香，自拟个托付仪式，然而这里没有寺院，没有道观，我选择了750岁的"鹅掌楸"为神、为媒、为证，双手合十，闭眼默念："鹅掌楸老树，老人，太太爷，您帮做个人情，做个见证，让九龙井的真山真水收留我的野心，像养鱼一样保佑我心智，保佑我童心永在。"鹅掌楸像鹅掌一样的叶子摆动着，他答应了，我的事就这样办成，我安心地带着九龙井的水性离开了。

三 太姥山

太姥山的桂冠多啊！"山海大观""道仙佛地""海上仙都""白茶故里""5A级景区""世界地质公园"等，美誉连篇。其北牵江浙，南引闽东南，西接武夷，势有北雁荡、南太姥、西武夷三山鼎立之态，撑起江南一片山光水色。又得传说：尧时老母种兰于山中，逢道士而羽化仙去，故名"太母"，后又改称"太姥"。这个有佳名、有佳境、有佳话的太姥山自然年年阅人无数。

古人说"事不过三"，这个事一定是指烦人的事或求人的事。若悦人之事，一天为三也不过分，就如一日三餐，还得加点心。我拜谒太姥山不下三趟了。第一趟走进，吃惊的就是那些惟妙惟

○ 王多兴 摄

肖的石头，天公赋形，世人附名，什么"十八罗汉岩""仙人锯板""夫妻峰""金猫扑鼠""玉猴照镜""金龟爬壁"等，据统计这奇形怪石之景就有三百六十处。故得摩崖"太姥无俗石，个个皆神工。随人意所识，万象在胸中"。第二趟再上太姥山，感觉奇石有情，情在悟间，情在读景人与石的对话中。第三趟再上，觉得这是一块块痴情石，心决意坚，日日洗面不洗心，向世人昭示着天荒地老的传说。后来再登太姥，觉得游客好多，与风景一样好看；再登，自己和石差不多，光顾着游客，觉得这才是一山的风景，提醒着他们要走好。

人类开渠引水，挖井开田，是为了养身；树碑立传，大概是为了养精神。人是自然之子，是大千众生的一族，一定存天理行大道。再读《华严经》中"佛土生五色茎，一花一世界，一叶一如来"的经文，以小见大，我仿佛明白了山水两重世界。水为养众生之躯而来，山川为寄居众生之体而设，这石林便是天地之碑，为养众生灵魂而立。太姥山这片大石林，不知收留了多少灵魂，但起码说，多少游客走过，就有多少灵魂游过。这里山南山北的石林中就隐有寺院36座，还有一些道家的草寮、庵、堂。石林中洞穴就有一百多个，不管什么魂灵只要来到太姥山都能找到栖息之所，有的还会随缘而度。雾霭如香，日月长明，至情至爱者，"夫妻峰"就是天梯；贪财者，"一片瓦禅寺"会为他念出"舍得"真经；圣人或凡夫，"十八罗汉石"个个顶天立地，按业论处，得缘者一一可度。太姥痴石，就这样日夜坚守，守望着一天天的风景。

我说太姥痴石，一定会招来愤慨。这真情真悟的太姥奇石，能痴吗？是的，太姥奇石不是愚痴，是喝过一壶明心见性白茶之后的醉痴。它淡泊如水，淡定如茶，吸地气，沐天露，是一种大境之痴，世人皆智，唯它独痴的痴。风过，它不语；水过，它不语；人过，它依然不语。晨待日出，暮对斜晖，它心里清清楚楚，一切过眼云烟，说是多余。它闭目心觉，来这里的人，没有尊卑，没有贵贱，不管是谁，都只是它的风景，这是多么有心智的痴石。

太姥痴石，有心，心也是一颗石，这颗心石就在山里的一条溪涧中，心石藤缠根绕，如脉络牵连。那淙淙的溪水是血，股股的人流是脉，只要有水有人，这心跳就不停，太姥山的石林就有血有脉，就会痴心不变地长长守在这东海之滨，阅尽人间春色。

又到武夷山

一

再往武夷山，有着一种重约的冲动，虽不是故土，但终归曾经相识。我在车里整理着武夷山当年留下的印象，最明晰的也是那几处到处张贴的风景。相看不厌的大王、玉女两峰，永不疲惫的九曲泛排，代代弥漫的书卷气。若说还有，就只是一些碎片，是自己愉悦于山、水、人的一些场景，如挂拐登峰，与美女巧遇同排漂流，至山间放浪形骸大声吼叫，欲觅得一缕回音为快，等等。二十多年过去，虽没有太多的经历，也没机会阅读太多的风景，但毕竟是二十多年，就是刻在石碑上的碑文，二十多年的俗世尘土足以让它蒙尘而匿。可武夷的丹山碧水，则如记忆文身，闭上眼，丹山风起色如霞飞；睁开眼，九曲波平影映群山。二十多年了，洗之不褪。今天重约，我一定会细细打量，道上一声，都好吧！

武夷山的周围，我没收藏有太多的印象，但今天我嗅到许多新味：刚被挖出的深土味，水泥路晒出的太阳味，旅游小工艺品的油漆味，崭新的气息流动着在变的信息。变化才是永恒，二十

多年过去，若一切依旧才不正常。只不过自己在变老，武夷山下的一切在变年轻。岁月留痕的反差，我走在这样的街上，倒成了一张黑白的老照片。我以黑白的底色观照眼前的气象，一个深呼吸，呵呵！好在武夷山穿有文化与自然双世遗的软盔甲，让利欲的拳脚失去许多威力，年轻的一切艰难地秉承了些朱子儒风，但能否承载得起"为天地立心，为生民立命，为往圣继绝学，为万世开太平"这个使命，我只能失语。

高速路通了，机场建了，都是近几年的事，一切来得挺快。还有许多外来的速度更快，就如个个洋节，肯德基、麦当劳，这些与时代合拍的快速，嫌弃根脉延伸的速度迟缓，嫌弃脉搏跳动的幅度弱小。许多地方，利欲当先，不传宗风，一味跟风，四处是酒吧，是KTV，酒气冲天，歌舞喧嚣。可武夷山还好。夜，依然安静，低矮的建筑没有太多的冲天豪气，武夷山要守住文化根脉，真有点如沙漠流水，难得且珍贵。

一

　　下梅村，一泡茶，泡出茶色的古村，走进它，自己仿佛成了一片茶叶在沉浮。我跟着人流，不停地翻动着自己，活动着每一关节，展开着每一个毛孔，但在这里我嗅不到自己的汗息，嗅到的是股股茶香，听不到自己沉浮的喘息，闻到的是声声茶事。

　　站到邹氏宗祠的门楼跟前，面对一幅幅精美的砖雕，我贫瘠的双眼露出贪婪的目光，一次次地向上攀爬，仿佛要在雕饰的一道道纹理中，踩中邹家的万里茶路。几百年茶色的熏染，许多的艰难与险阻，阴谋与智慧，冒险与拼搏，就如一片片茶叶，在日日的煮泡中淡去，道道刀工凿痕，深深刻下的是邹氏恪守"诚信经营，致富履义"的商德。品德烙在心头，茶路走在脚下，我的思绪也一回回从门楼顶上滑落，像一粒粒茶籽回到大地。

　　邹家先祖也许就像一粒茶籽一样，不小心落土到下梅。这一落，落准了穴位，长成了一棵茶树，茶树又长出许多的茶籽，就这样茶树成片，邹氏成村。祖辈耕种，子辈经营。为了耕种要修农具，有了打铁铺，为了经营要做生意，有了商号。这茶，一路走来，一路运出，要有许多的"为了"，下梅村也就有了许多的许多：茶行、码头、商号、钱庄等。这村子还是村子吗？

　　是的，夫妻打铁店叮叮当当的打铁声，与所有的乡村铁铺里发出的声音没有两样，走在那曾经的村弄里，依然能看到弄边有许多阿婆在拾茶梗，走进一家一户的大门，迎来的依然是一股股焙出的茶香，这就是乡村，一家有，家家都有。我在一家的茶焙上抓了几粒茶放在口中慢慢嚼着，边嚼边看。有前后天井的气派老屋，老屋中的一切雕饰，老屋门前哗哗流水的河道中平铺着的鹅卵石，显摆着户对与门当的大户人家，等等。这，还是乡村吗？我嚼着口中的茶叶，回味着茶香，倚在"晋商万里茶路起点"石碑前，叫人照下一张照片。不管是乡村还是集镇，这就是下梅，就是万里茶路的起点站。

三

　　若说武夷山的故事是大王峰对玉女峰的倾诉，或是玉女峰对大王峰的诉说，那么九曲溪里的水，就是他们一首首源远流长的情歌。游武夷最惬意烂漫的一出该就是九曲放排，把自己置身在山与山的爱河中。二十多年前，我享受这一出时，天地暧昧，下

◎ 王多兴 摄

着微雨，山头雾罩，山间雾赶，别有一番景致。撑排的艄公因势利导，及景作注，时不时泊岸观景，时不时停排细读摩崖石刻，并附以风趣幽默的解说，让风景入眼，诗联入心。今天重游，本想思味而来，再享受一次自然与人文和谐于九曲的大餐，可是才踏入九曲，导游便做了许多的交代，声声叮嘱要给小费等，让我觉得如今这里的大餐有"地沟油"炒煮的成分，不仅不爽还有点倒胃。确实如是，二十多年前的撑排大哥，不仅撑来幽默，还撑来儒雅，撑来诗心，撑来人在画中行的景致和爽快。可如今撑排小弟呢？那张嘴不比大哥差，可就是说得儒雅退去，诗心遁隐，九曲逆流的风吹的是怨声、是段子，找不着丝毫的朱子遗风。随水漂流我拾回的是满兜落寞惆怅，导游居然把游武夷概括为："吃（特产）、喝（岩茶）、嫖（漂九曲）、赌（睹美景）"，真担心这九曲碧水在这些"油嘴滑舌"中成了一条花花肠子。

　　武夷山，守住的是根，变化的是浮云，丹山碧水将永远永远辉煌在闽北。

一缕山风绕过厦门岛

一

　　行走在公路上的车子，就是路上一只无血的爬虫，寄生在这样爬虫里的人，就只能感受虫子的速度和长长的路程。即使努力看车窗前的风景，也只能看到景物飞快地从爬虫身后掠去。至于爬过什么形状的地方，途中无法感知。我，就是在这迷茫中进入

○张珍真 摄

厦门。

　　岛上的大楼一层层地比高，街道四处延伸。若是早先没有厦门是海岛这个概念，也许会为一天的奔波而惋惜，但我毕竟不是为看都市而往。

　　太阳背过脸，天黑了。我们决定穿过城市的繁华，把车开上环岛公路，绕上一圈，寻找那种绕地球走一圈似的满足。

　　车子经过几番避让和突进，终于行驶到海边。相对于市中心璀璨的灯光，路灯显得非常稀弱，车灯照射在这个路上，有一股蛮横意味，一路扫射，无遮无挡。然而再洒脱的车子，也还是摆脱不了向心力的牵引，方向盘总朝着岛内核心方向把握，蛮横的车灯一直没能探到海波的一鳞半甲。

　　一味向心的方向感，让我有置身于一个大圆盘转动中的感

◎ 张珍真　摄

受。厦门岛就是一个大圆盘，它随地球在转，凭海波又在轻轻抖动，像我母亲筛米一样，转个不停，抖个不停，米粒向筛子中心聚拢，谷壳糠麸被挤到了外沿。大概万事万物都同理，厦门的一切在转动中，都聚到市中心。一天天，一年年，聚多了，就突起了许多高楼，一层、两层、三层……留下了人、财、物。岛的边沿让位给跑过马拉松英雄们的铜像去守望。

时令只是初春，依旧寒冷，我们不敢打开车窗，听不到窗外的风浪声，感觉岛安静、海安静，车内的人也安静。只有车子的马达一个旋律一个腔调地在独唱。单调是丰富梦想的鼾声，我沉浸在这单调的独唱里，隐约听到岛屿的晚棹渔歌，听到兵刃撞击声。在当年船头的渔灯照耀中，隐隐约约看到埋在地下的龟甲和鱼骨。原来厦门的格局和筋络，就是龟甲和鱼骨放大组合，一片片小区，一条条通道，伸向大海，走向中心。

二

我心仪的白鹭洲，就是本名本真，青天白鹭一行，洲上群鹭啼鸣，母喂鹭婴，雄雌交颈，甚至还有争宠夺爱，扑腾得羽翻毛飞。然而友情提示，夜游白鹭洲才是真情趣。乡村里长大的我，适应于夜寝昼起，白鹭洲看夜景难免让我产生异端之想。思忖白鹭洲是不是有着夜游鬼魅之玄。如妖、如神，或是浪漫公子和时尚妖姬，趁浓浓夜色，揣探秘之心，我们走向白鹭洲。

大概因过两天就是元宵佳节的缘故，千姿百态的花灯把白鹭洲装点得失了本色，大地涂彩，绿草醉酒，水映�酡；千盏灯点亮一座楼，点亮一艘船；一座楼，一艘船，就是一盏盏的灯。现在的人更大气，吹起的灯房与实际楼房一般大小，我们可以自由地出入在这四壁皆亮的房屋。吹起灯塔和画舫更是风景，让来人左顾右盼。这一切不是妖而是一种财气的勃发。白鹭这个时候是不会出现的，炫目的光芒照射下，它一定找不到栖息的地方。

我喜欢太阳明亮，能把一切照得原原本本，喜欢月光，大地的喧嚣、疯热会在如水的月光浸渍中稀释冷静。白鹭洲的多彩之光，是把阳光撕碎，各执一色，相互叫板，让人看不清草色花颜；是把月光拒绝在野，让白鹭洲静不下来，成为一个不眠之洲。也让我如醉鬼一般眼花缭乱，跟着感觉出没在这样迷蒙的光景中。

风有着侠客的风范，没有因为多彩绚丽的光而吹得娇柔，依然深沉冷峻，呼呼而来，不管怎么躲着，总是迎面而吹。虽然我

◎ 张珍真 摄

感觉不到风中有白鹭的一羽半翎，听不到一声鸣叫，也看不到它能吹熄一盏灯，但侠行的威严，吓得我清醒了许多，我掂着自己的行囊，知道没有本钱饱览灯光下的随便一则广告。

三

岁月如经，思心如纬，鼓浪屿不老的奶奶，一经一纬织下一代代的相思，集结许多的心力，托起日光岩日夜的翘首远望。山与山相望，彼此间都心存为悦己者容；海与海相连，本就不分彼此，一浪是歌，一浪为和。原来常在山海间幽会的思念，一同哀怨，一同诅咒，她们爱得深沉。

不知是谁的创意，把旋律谱到了岛上巷陌里，串街走巷就能

踏着节奏，踩出一曲曲回肠荡气的旋律。大概就是鼓浪屿暗示这位创意者。多少年来，鼓浪屿把所有的情绪用旋律拉出，从不郁积于心；把所有的伤痕用演奏的灵动十指，给一一抹平；把满心的相思用歌声唱出，让风传向彼岸。鼓浪屿的五脏六腑永远是那样年轻和洁净，空旷豁达。

然而鼓浪屿不是没有记性。她记下土生土长的，也记下客居的；记下创业艰辛有成就的，也记下赌博、流氓、妓女下流行当的；记下百年台湾的发展，也记下近代史中的耻辱；记下南音中的胡琴，也记下洋人的手风琴……一个个人物，一个个故事，她都记得清清楚楚。当然她记住不是为了纠缠，只是因为她确实经历这样多，有着这样的丰富阅历。如是有故事鼓浪屿，自然能让文人墨客诗心骚动，于是她的名字就到处行吟，到处传唱。

奶奶容妆是一盆清水，娘有一溪的清流，然而鼓浪屿则是茫茫大海。故奶奶全身只一个深蓝的色彩，娘有四季不同的红、白、青，而鼓浪屿总是顺四时应变，以万方仪态，体面于大海之上，无尘无垢，草香本嗅，花开眉目，含露期盼。一盘水一湾海，一面镜一海磨，这样容妆的鼓浪屿自然卓绝于天地间。

四

常规里的船泊于码头，车停靠于站点，所以俗话中有"船到码头车到站"，可是乘厦门的游船出游，想看看与厦门门对门的金门岛，而船是泊在海的中央，借助望远镜，看金门滩涂和岛上的绿树。虽然我清楚这样做的原因，然而空中海鸥自由飞翔，海底的鱼儿畅通无阻，觉得有记性的人类真不可爱，前人种因，后人结果。

因为风浪大，许多游客都回到船舱，我不想躲避这里的风，更想多看看这里的浪。家乡的风和水是在亲密接触中相识的，这里的风和浪只在文字里见过，今天还是第一次面对面交流，无论如何都不该因它呼呼哗哗几声而躲躲闪闪。风一阵过来，经过船头一绕，吹向对门；一浪过来，撞在船上，留下几波，也被后浪推到对门，感觉中这里的风与水，与家乡的风和水没多少差别，同源同脉。只不过这里在历史的耕耘和跋涉中，喊出的不只是船工号子，拉网小调，还有喊杀声，炮声；映在水中的不仅有暮归老牛的影子和盏盏渔灯，还有沉船、箭镞、刀枪剑戟，于是那摔倒在船舷上的浪，化水后无不流出黑红的铁锈色。

船在海中央掉头，我有种走到半路忘记重要行李，或途中突然遇到麻烦被生生逼折回一样的感受。恼怒、怨恨，真想找个可以发泄的对象，把一腔怒火烧到他身上。可此时此境中，只能是声声长叹。真想不到，一个厅堂，中间筑起篱笆，一对胞弟，两门间的街衢掘下壕堑，难道他们不知道同个老屋里晨炊暮煮的灶烟，供的是一样的灶神？不知道流淌着同宗姓氏的街衢，孩子们在大门前玩着一样的游戏，唱着一样的儿歌，我想不明白，他们要玩什么？

船向着厦门开，而我一直面朝着金门，明天就是元宵佳节了，真想送个花灯挂在他的门前，点上一样的吉祥如意。

草原也是我的家

一

不知道哪个时代，那块原野的风那么大，一夜间能把草籽吹撒到原野的各个角落；不知道哪个夜晚，哪一场雨，居然浇透了这块土地，让所有的草籽发芽生根，绿了华夏大地十分之一的面积。卑微柔弱的小草，在这片土地上，根丝相牵相连，居然织成

密不可漏的毡毯——草原。它，晒着日月，裹着土地，托着地上的人、牛羊、骏马、野鹿、狼群……任凭历史的长河沉沉浮浮，跌跌宕宕，毡毯中的一切，总是豪情与雄鹰齐飞，真诚与白云相映，传唱着那天荒地老的歌谣。

站在呼伦贝尔的草原上，视野里高山、大海、江河、湖泊等的记忆一次次地被刷新，我要用最大的空间收藏下初秋草原的美景。金黄的大麦、白白的羊群、黑白相间的奶牛、赤色的马……是镶嵌，是点缀，是苍茫草原中的鼠标，我的目光追随着移动在大草原上的它，情趣一次次地单击，打开了草原的网页。牛啃着草，羊啃着草，马也啃着草。牛悠然，羊悠然，马也悠然，就连草原边上的白云也悠然。这安详是婴儿依偎着母亲怀抱吮吸乳汁的那种安详，这悠然是月光透在床上，孩子依偎着母亲听着故事的悠然。养育出这样一个天然安详之子，草原母亲胸怀之博大，性情之温和，气度之宽容可想而知。

草原线条柔顺，质感舒软，味有乳香。这一切激起了雄心勃然。我要奔跑，跑出一阵风，吹动这里的草；我要打滚，滚出一道辙，压住这里的草；我要跳跃，跳出一个高度，砸痛这里的草。可是我不及一只羊羔走过，不如一头牛牯静卧，不如一粒羊粪落下。羔羊走过，身上的腥臊草儿熟悉，草会一路轻抚着羊羔，叮咛不可走远，离群的羊会有危险；牛牯卧下，草就随性倒下，服帖地成为蒲团，让牛静卧，参悟着反刍的禅意；羊粪落下，虽然轻微，但也能触动草根的末梢，相互感恩就在这一落一动之间完成。看看，想想这一切，初来时的雄心丢给了草原，拾回了羡慕，羡慕草原养育的一切。

二

参拜呼伦贝尔山上的敖包，才知草原天神——长生天祭台的率性，不见奇材异料，不见匠心，一块块天然之石依着一根树干垒成，四周插上树枝，枝条和石块扎着许多彩色布条。若是在我家乡，大家一定认为是滩头拓荒者，为开辟园地，留土弃石堆下的乱石堆。可草原上这样的石堆就是无限神圣的敖包。我环视四周，想捡上一块小石头，许上自己的心愿，投入敖包中，让伟大的长生天成全我的愿望，但方圆几里无法找到一块杯粗盏大的石头；想折根树枝插青当香，寄托崇拜之情，可在我视野里找不到一棵树。这个时候感觉到每一块石头虔诚的密度，每一根树枝插下信念的劲道，感觉到这祭台的崇高神圣。

一分崇拜会增添十倍的想象，十分的崇拜，神话成了经文，传说便是传记，对眼前天造地设的景致就会注入了更多神灵的启示。莫尔格勒河静静从呼伦贝尔草原中划过，用曲曲弯弯的水道铺陈着流水的韵律，真不愧"天下第一曲水"之称谓。我多次地调换方向看着这条河，想辨别河水的源头和去向。可是河仰面平躺，水无波无浪，我无法辨别它的来龙和去脉，只见一弯一曲，一曲一弯紧紧相扣，摆下了一个偌大的连环太极阵图。大概这就是天神的启示，草原相克相生的故事，一场接着一场上演，就缘于这河流的太极玄机。

看着淌着的河，听着无声的河流，想着家乡哗啦啦流声的溪水。一个比较，一个天人合一的构想，莫尔格勒河是子宫内受孕

的卵管，是天神精髓畅游的母体河。河边饮水的马、牛、羊、麋鹿、野狼都是活脱脱的精髓。它们在草原、河水、天光、地气的孕育下，不再是简单的轮回，而诞生了骏马驰骋的雄心、马背上弯刀的寒气、苏鲁锭挺直的腰杆。有恩报恩，有仇报仇。成吉思汗就是这片土地上骄子的集结化身。他用马蹄丈量国土的面积，他用弯刀与仇敌说理，他用苏鲁锭传达长生天的旨意，他也秉承草原母亲的胸怀，真诚交友，接纳谏言，勇改过失，容下各路有才之士。

弯曲的莫尔格勒河，呼伦贝尔的大草原，温驯的牛羊，伟大的长生天，还有弯刀、弓箭、苏鲁锭，天之骄子成吉思汗，他们在草原的共生中，是不是写下过这样的悖论：弯曲孕育挺直，温驯驮起强悍，博大收藏仇恨，宽容接纳仇杀。

三

敬畏是明智的选择，崇善是心神的向往，欢娱才是神情的飞扬。狼是图腾，羊也是图腾，蒙古包里挂上它们的同时，还得摆上一把马头琴。出行的勇士们骑上骏马，佩上弯刀和箭，还得带上一壶酒，为幸福和安宁而战，为胜利和征服而歌，这就是草原上的季风。

当他们把尖刀扎入羊的心窝，掏出一颗带着热血的羊心时，想到这是软弱的宿命。当他们双手伸向一只刚烤熟的全羊时，想到失败者的妻子就如这烤羊。成吉思汗告诫自己的子孙："不要想有人保护你，不要乞求有人替你主持公道。只有学会了靠自己的力量活下来，你才算是真正的蒙古人，也才是任何人都打不落马的蒙古人。"于是长生天赐给他苏鲁锭，要他征服世人，让草原飘溢着马奶酒的芳香，飘荡着马头琴悠扬的琴声，让草原享受安宁的一切。

成吉思汗把苏鲁锭插进草原，对着太阳说："要让青草覆盖的地方都成为我的牧马之地。"他做到了，挺直的苏鲁锭就是他的腰杆。他不仅征服了一个时代，还征服了今天的我。我本想到了草原，也来个策马挥鞭，让草原的风迎面吹来驰骋的快意，也

想开弓发箭，射出一支只有远飞而没有杀伤的箭镞，还想挥挥弯刀，砍尽自己心底的卑微……然而我并没有做到，因为我站在骏马侧旁，我矮了一截，再看高昂的马首，我丢了扶鞍而上的勇气；我在弓箭边看了又看，摸了又摸，知道自己无力开弓，那弯刀更是寒闪闪的。握上吧！一定寒气透骨。不做这一切，没有遗憾，更没有失意，干下一碗马奶酒后，醉意浓浓，马头琴琴声牵着我的魂走过了草原，唱起了《美丽的草原我的家》。草原你是草原上生灵的家，也是我心神向往的家。

阿尔山火山口的诉说

　　火山喷发既是地球母亲的一种生理现象，也是一个怪胎。生理现象自闭，怪胎成型，成了当今的人们趋之若鹜的胜景。阿尔山天池也不例外。

　　天池的海拔仅1300多米，真不算高，再加上登山观池的相对高度只有200米，这样的高度给天池的崇高地位和神秘之感打了折扣。上山的路已经是一条砌满方便和商业色彩的石阶。一段登阶便有一个平台，可供休息、领略风光，可作矿泉水小摊点、

　　轿夫驿站等。这登是游，攀也还是游，于是我不赶不趋，且看且听。

　　目光透过丛林小道，从近到远，再从远到近，看到的全是松树。我非常熟悉松树，从针叶松子到根须松脂，从木质特性到气味用途，都了如指掌，若有人举一，我便能反三，于是我知道这只是一片年轻的松树林。

　　树年轻，林也年轻，整个林海的绿涛就成了年轻蓬勃的心潮。这里看不到老树的苍劲，看不到枯木重生的鲜嫩，看不到朽木腐化的新陈代谢，一味是高低大小相差无几的生长姿态。单调，我没有流连，很快便到了山顶。

　　山巅高于天池，天池收在眼底。站在山顶，揽抱清风，居高

临下，端详池水，有着自高自大的快感。冠以天姓的地名，在家乡也不少，例如：天湖、天平山等，这里的天字，意在与天齐高。然而见天池之水，来无路去无痕，觉得它的天之姓氏至少有二元解读，一是池居高山之巅，天风扶波，星月照影，自成天镜；二是不见吐纳溪流，如口含绿珠，池中之水，完全是上天圣水。如是，我觉得阿尔山的天池，最富有天意。

一番满足，便亲近天池，我照其景，其照我影，我激动，她不寂寞。一拨人刚走，又来一拨，0.31平方千米的天池就这样一层层地叠加着观礼者的笑颜。一张张笑颜又被合围池畔的杜鹃绽放在枝头上，但谁也无法打捞起第一位被她摄去的笑容，谁也辨认不出哪一朵花是自己的笑靥。所以大家说天池深不可测。

火山口吐火流浆，一路走过便一切涂炭，石塘林的景观就是这个火山壮烈的造化。涅槃后的烈火，让熔岩化蛹，石成蜂窝。石块应有的重量从这千疮百孔中飞走，举起与百斤重石头等体积的火山石不见得艰难。

山包是这样的石头垒成、沟壑也是这样的石头铺就，我们走的路也就在这熔岩流成的空心世界上。火山石，警示牌，导游的七阻八劝，让我感觉这里随时都有坍塌的可能，走在这样的世界上很不实在。当然我知道自己的顾虑有着杞人忧天的可笑。烈

火的永生就是太平和圣水。火山口不是成了天池？熔岩中不就长出青苔，开着菊花，还生长美如孔雀开屏的偃松？生即灭，灭即生。青苔、菊花、偃松、潜流、明泓，都生长在这烈火之后，把"金、木、水、火、土"相生之象又一轮演绎。

我刻意叩响火山石，想听到更多的故事，特别留心天池方向的来风，想扯上几缕，揣测几百万年前火山涌出的体温。但给我的时间相对几百万年的长河，还抵上一丝湿气和一阵小风，火山口不会告诉我太多。

那天满洲里下了一场雨

　　草原上行车，累的一定是车子。不减速不停步跑了大半天，天边的云离它还是那么远。我一路数着牛群羊群，数着数着就打盹。瞌瞌醒醒都好几回了，车子还在奔跑。大概是车子内外的安静，粗声粗气的马达声特别入耳，我想这是累的声息。

　　不用问前路远近，因为我知道只要车在行走，身体和行程就都交给了驾驶员。自己完全可以自由地开小差、看风景，或什么都不做而睡大觉，到满洲里自然有人叫下车。

　　不必为路途与身体考虑的脑子，好像空间大了许多，思维就更加活跃。满洲里，满洲里！一端写在历史的印象中，另一端写在未谋过面的想象里。思维在两端往返地走着，走着！走出一条无形的心路。末代皇帝溥仪从历史一端出现，他昂不起头，昨夜泪水没有流尽，眼角边还挂着泪珠，他走到满洲里中心广场，向东、向南、向北、向西，看了又看，可就是迈不开半步，他被耻辱压得挺不起身子，走不回中原，怎么还敢向北向西。无法流血，国君儿啼，但泪水洗刷不了亡国之恨。斑斑泪点，只能玷污了满洲里的圣洁之泉，只能滴下了累累伤痕。满洲里在软弱的泪水中被践踏、被蹂躏。她一定悲痛欲绝，一定蓬头垢面，精神游离。几十年疗养，如今又会是怎样？

　　车内的人醒了，我也随着清醒，此时看见车外正下着雨。这场雨来得正是时候，飘在满洲里的上空，也浇在我心中。集云的天，下了雨就明朗；阴霾的心空，浇了雨水，也渐渐洁净。雨后复斜阳，霞辉染边城，沐浴后的满洲里神采飞扬。一座座欧式风格的建筑耸立着，气质高贵，来来去去丰腴的俄罗斯姑娘，带着活力流动在城市大街上，多种的民族服装，点缀着人群。仅这人的潮流，就涌出一浪接一浪的魅力。

　　在我想象里，每个城市的夜生活都差不多，于是许多人选择观看俄罗斯风情表演时，我选择了逛小商品市场。我一向对商品的反应不灵敏，特别是找不到物与价的平衡点，所以逛商店完全是打发时间。可是一进满洲里小商品市场，觉得时间和我的钱一

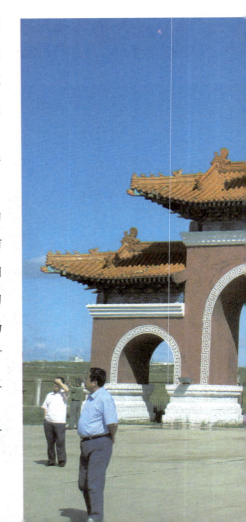

样少，不够用，看不完。特别是精制的佩剑、马刀和一些银制品。一家家看过，一家家再看，好像是在寻找军威和马魂，寻找银质的辉煌。直到走累了，才在流连中回到宾馆。

初秋满洲里的天气太好了，清早和夜里的那种清凉让人心旷神怡。风，撩起衣襟，走过腋窝，再臃肿的人也有着飞的欲望；清新空气进入肺腑，五脏都一下子振作，且配合得和谐，整个人亢奋起来，有着用不完的精力，不仅仅我是这样，满洲里广场和套娃广场中许多人都充满激情。对着套娃摸摸拍拍，揉揉抱抱，好像上苍减了大家年岁，都成了娃。

又要辗转，人们回到了车上，可

激动不减，叽叽喳喳，各抒己见，话题锁在了套娃广场边的选美大楼。说中国的女性美是酿造而成，是醇香米酒，是茶。不是烈酒，不是马奶，经得起细品！说在兴头，思维还在惯性中我们到了"国门"。

国门，巍峨挺立，闪闪的国徽，镶嵌在国门上，闪烁着国格和魅力。方块的界碑，写着方块的汉字"中国"，方方正正，这就是尊严，就是态度。留影的人很多，取的背景就是这界碑。一个背景，一个地方留影，是不是一样的情感，谁也不敢肯定。

但我想一定有着同样的情怀：今天是个高兴的日子，回家时拿着照片告诉大家，这就是中、俄交界的界碑，我们可以自由在这里拍照。

俄罗斯方向驰来一列货运的火车，穿过国门，奔向中国。边贸市场人来人往，不同国籍一起经营着生意。满洲里真是一颗"北疆明珠"，让热爱和平的人一同享有着祥瑞之光。

此时又下起了毛毛雨，雨下得无声，草儿含珠，花儿含羞，人间美景原来在雨下增添了妩媚。我看着国门内祥和的一切，慈悲点起心香，祈望这里的一切在国门内，也要在国门外。

太阳神母亲的微笑

太阳神之母羲和，赶着马车按天定的轨迹走着一天的行程。为了驱赶黑夜，她带足了光能，从起点到终点，随地理的福分分给它们一天的日光。

羲和摇落扶桑一树的露珠，凭公鸡打鸣开路，走到哈尔滨的太阳岛上空时，大概正清醒着。她俯瞰这个江心之岛，见细沙闪耀金光，绿树随风飘舞，细草含羞带珠，四周波光潋滟；不见嶙峋怪石，不见奇洞险壑，明朗朗的世界里一派祥熙；听到的又是悠悠鹿鸣，婉转莺啼，又是松花江流淌着"嘎鲁、嘎鲁"天鹅的咏唱，太阳神之母羲和露出甜甜的微笑。

叩过古今传说的大门，询问仙帮神祇家谱，得知，观音居南海，仙帮出蓬莱，神祇大都来自名川大山，鬼怪出没于峡谷幽洞。太阳神金乌居于东方大海扶桑树上，每天由母亲羲和携带巡天。感觉这神话编得绝妙。太阳神是一个永远跟随着母亲的孩子。孩子吧，自然就把表情写在脸上，我们抬头就能看到阴晴，站在阳光下也就能感到冷暖。孩子吧，自然掌握不好度量衡，总存在分配不均，它从东方大海出发，虽然说是一路普照，但对刚上路不久的东南方，表现为珍惜日光，深洞不照，峡谷掠过，结果走到大西北，发现行囊鼓鼓，日光多多，情急下清囊在大漠戈壁

中。还说太阳神金乌是三足乌鸦。乌鸦吧！自然全身玄黑，它追随母亲一路走过，送出光明，带走黑夜，这无数个夜晚集于一身的金乌，还能不黑嘛！

金乌成了太阳神，但孩子终究是孩子，很多的时刻还喜欢看着母亲的脸色行事。羲和对太阳岛微微一笑，金乌也就特别留心了这个岛，他把阳光洒下时也洒下心性。他用阳光抚摸过岛上的一切，喃喃自语：这都是太阳的爱子啊，他们的姓氏应该是太阳。他的心性和阳光一样明了，这方人一读就懂，便顺其心意启用了许许多多冠以太阳姓氏的名称：太阳亭、太阳湖、太阳山、太阳桥，巡日堤。还启用了太阳孕育的一年四季园：春雨园、夏花园、秋水园、冬雪园等。还说这些爱子一定要如太阳，透明的

心，爽朗的性，昭然的美，和煦的情。神有旨在，生灵服帖，太阳岛上的景观的确不是曲径通幽，不见险峰绝壁，而是绿树奇葩处处相逢，碧波白沙相映生辉，鸟鸣雀跃趣味横生，鹿悠鹤翔时时呈瑞。就是夏天也能见到晶莹剔透的冰雕。羲和的一个微笑，金乌的一片孝心，在这里造就一个北国奇景。

郑绪岚在演唱《太阳岛上》时，她心中一定流淌一股股太阳的暖流，头顶上有着太阳神的光环。大概正值光明年华，心爽神怡。歌声明亮，就如太阳晒在绿叶上，就像松花江源头之清流，清澈见底，不修饰，不作秀。一首自然清新的乐曲唱在太阳岛上，又凭着松花江水流到很远很远，流到一代代人的心坎上。"明媚的夏日里天空多么晴朗，美丽的太阳岛多么令人神往。带着垂

钓的鱼竿，带着露营的帐篷，我们来到了太阳岛上。小伙儿们背上六弦琴，姑娘们换好了游泳装……"歌唱真声真情，歌词真景真画，这都是太阳神观照下的经典。

太阳神在母亲的微笑里，照出太阳岛一片明媚，太阳岛上的人们沐浴其中，有着一片片灿烂心怀，要与天下有缘人共享太阳下的美丽。他们还有着通达的智慧，迎合着太阳神旨意，感恩于太阳神。植物塑像，大幅浮雕，让太阳神留守在岛上，守护着母亲羲和的微笑。

楚天同行36团

楚天同行36团，是我在游走湘西几天里的团队番号。面对一个陌生地方，有个团队，有个团长让人安心许多。我没当过兵，十分向往这个弥漫有军队气息的番号，且楚天二字豪气冲天，个个队员集中到团队的旗帜下，便释怀谈笑，面对陌生环境内心散发出那张自警的防护薄膜，被挥动的番旗扯动，在风中传出嘻嘻哈哈的欢笑声。

我们在机场外整合，团队不断增员，一车变成两车，第二天真正开拔上路时是36名队员，原来36团就缘于这个数。队员来自北京、江西、福建、广东、山东等地，南腔北调汇聚一团。我的小组还"吞并"两位娘子军，成了挺有亮点的第二队，我自然成了队长，从此便有序地开始几天的征程。从长沙出发，历经：橘子洲头、韶山冲、张家界、武陵源、土司城、苗家寨、凤凰古城。虽说只有匆匆几天，但我对湘西的贪恋，如粗糙白色土布浸入染缸，重染猛吸，浸透了每个细胞。如今重晒，股股湘西味依然熏得我一醉一醒。

大漠戈壁，日月星辰仿佛都长在那里，睁开双眼是看不完的亮光。此境中，只有闭上眼才感觉自己站立着，只有听到苍狼的嚎叫，才证明生命的存在，这种让生命无所依从的空旷寂寥，

也许就是大漠戈壁的气概。茫茫草原，俯下身是温驯的羊儿在啃草，抬起头是骏马狂飙的强悍，昂起头又是白云轻飘的洒脱，这也许就是信马由缰马背帝国的摇篮。东南诸海，潮涨时浪涛翻滚，千古风流湮没其中，潮隐时千帆竞发，各路豪杰方显英雄本色，这也许就是大海的博大。洞庭一湖，衔远山，众山丘壑自在胸中，千条脊梁擎起伟岸之躯，吞长江，江南江北吞吐自然，养下了荆楚胸怀，这也许就是荆楚大地能主沉浮的霸气。

是的，这霸气是湘西重重的一味。楚天同行36团，也正为寻味而千里趋之。出长沙由一首词引燃一炷心香，就在橘子洲头招来了那种王者气息。"到中流击水，浪遏飞舟"，橘子洲头永远浮在北去的湘江水上，傲视百舸争流。我仿佛看到那位伟人飘起的衣袂，我站在衣袂的阴下凝视着他。他，看水时是目送千古风流随水而去；他，看山时是万山红遍霞光涌起，踌躇满志，意气

○ 王多兴 摄

风发；他，回顾橘子洲时是满园红橘，神州气象了然于胸，指点江山。这不仅仅是雄心壮志，也不仅仅是英发豪气，而是一种能征服世界的雄浑霸气。

小棉球蘸了酒精就有一股酒精味，楚天同行36团队员们从橘子洲头重返车上时，沾来的霸气冲破了约束，彼此交流开始，互赠小食，交换信息，南腔北调扯得津津有味，就这样兴冲冲地驰向韶山。韶山！韶山！红太阳升起的地方。团导介绍说，毛泽东塑像揭幕时，天空出现日月同辉的壮丽景象，我喜欢这天地同感的场景，我摘下色镜，拍去身上粉尘，静穆向毛主席的铜像鞠躬，我不是在敬偶像，而是在敬重那股能激励着全国人民的气场，那股能让中国雄起的霸气。我深深三鞠躬，骄傲着中国出了个毛泽东。

俗话说的：龙生龙，凤生凤，虎父无犬子。俗话道俗世，韶山冲几间茅屋，几亩地，孕育出天之骄子，使天地间长出一篇新的神话。虽说韶山离我很远，但天下农家一个味，那茅屋中的一切气息我熟悉。灶中的酸辣味，卧室中的烟草味，边舍的猪粪味，晒谷坪上的稻谷味等，都是农家人的肥味，这肥味养人养牲畜，养庄稼养草木，只要肥味足，所养的一切都大。大树，大牛，大人。且养出的大货习相近，性可比。农家人的心根如树根，深入底层；农家人的顽强如草芥，野火烧不尽；农家人的脾性如牛性，老实起来是耕牛，发起性子敌过疯牛；农家人的天地可大可小，大到寰宇，小到一亩三分地；农家人的理就是一条，那便是活下去。毛泽东也许天天嗅着这农家味，心中装下了天下农家人，深深感受这肥味气足，他立定在潮头，把小小寰球看遍，常常坐在晒谷坪边抽着烟不断地散发着农家霸气。霸气便有了农村

包围城市的战略思想；便有了《论持久战》；便有了"一切反动派都是纸老虎"；便有了"寰球同此冷热"；便有了"人不犯我，我不犯人；人若犯我，我必犯人"；便有了与天斗、与地斗、与人斗，其乐无穷的斗志……我琢磨着农家人养出的霸气，是如树一样根深引泉，如草一样顽强长到各个角落，如五谷一样人人

离不开，如阳光雨露让世界同享。这就是湘西的霸气，是农民养出的敬爱霸气。

农民养出的霸气，很给力，我学得父辈挤时间种自留地的方法，在他们慢行时，我脱离了楚天同行 36 团，急匆匆地向毛泽东祖墓赶去，向着伟人根脉的神秘之穴献上一束花。可这一来，虽说我赶得紧，但依然让团队等待和寻找。我找到组织时，他们都等在车上，我只好低着头，一言不发地走向座位，此时胸藏农家霸气，如草芥一样，弯下腰是在承受，心中则声声默念"不管风吹浪打，胜似闲庭信步"。

我们的团就要进入张家界，团导刻意渲染着湘西浓郁的匪气。我一向喜欢匪气，我总感觉匪字注解是：武功高，性豪爽，讲义气，敢作敢为。可他举了一个例子则让我唏嘘，说是一辆旅游大巴车碾了一只母鸡，不仅要赔鸡、赔鸡生的蛋，还得赔受惊吓的公鸡，公鸡受惊吓让许多母鸡守活寡，这下赔不起了。撞了

◎ 王多兴 摄

○ 王多兴 摄

一头牛，强求要让牛坐飞机去长沙做 CT。我想这是杜撰的，若是真的，这也不是匪气，而是无赖。匪是一种出没在山野的可爱力量，是一种敢于担当，爱恨一刀能劈得分明的可爱，是一种用生命换生命的买卖。当年的红军就被称"赤匪"，国民党军则被称作"白匪"。在厌恶之情上，匪不及偷，偷不及骗，骗又不及当下毫无道德底线的瘦肉精、添加剂、毒牛奶、地沟油等。我想匪气越浓，能入侵的东西就越少，张家界一定是一个充满激情，美丑鲜明的地方。

张家界地域多大我没有确切的概念，反正我把所看到的石峰林就当作张家界。石峰林的称谓很确切，一座座石峰比肩拔地，柱柱挺秀，独如木，片成林。楚天同行 36 团全体团员乘山体电梯而上，决定登高看景。这一看境高如天，心法如云，座座石峰成了心法太极的梅花桩布在这里。云行太极，雾聚精气，舒展处日光朗朗，发力处风声四起。自然界至阴至刚的完美组合，就能藏龙卧虎，隐藏许多玄机。沙漠戈壁可出响马，汪洋大海出没海盗，奇山幽谷自然可隐山匪，于是这湘西若不出匪才见怪。在游宝峰湖景区时，我看到了"躲官垭"，这个垭口相当狭窄，如今能容两个人并行通过，我想当年该更狭隘，真正是一夫当关，万夫莫开的隘口。过垭口是一个碧波荡漾的人工湖，这湖底当年是一个大峡谷，进入这样的峡谷，几声鸟鸣足以让人提心吊胆，一片落叶也能遮去一片光明，滚下一块石头便是山谷轰隆砸碎一大片，匪窝安在随便一个岩洞，凭几个小喽啰守住垭口，完全可以占山为王。虽然说这个王不及土司寨里土司王那样体面，出入大轿，与官府平起平坐，但披着虎皮的那张交椅也是威风凛凛，让官府头痛万分。正是力量上的相当，相克中有相生，才有了"官匪一家"之说，可这"躲官垭"仿佛证明着这一带的土匪不与官家沆瀣一气，以垭口为界，躲避着官府，我做我的草寇，你当你的官，不论是秦汉，还是魏晋，过好自己匪的日子，真喜欢这种纯洁的匪气。

踏进土司城，那巍峨的土司寨，除了掩不住的匪气之外，更多的是土皇帝的气息，那依山而建的"九重天世袭堂"用黑色铸下土皇帝的威严。我踩着木质楼梯，一层层地攀上，轻轻的脚步依然能叩响楼板的回音，突突的声响，不停地回应着土司家族生生不息的风情。族源堂是根，迁徙堂是脉，生息堂是养，耕战堂是生，精夫堂是勇，正气堂是信，归流堂是统。土司王宫里的陈列，细品起来，不是物品，是风情，是活生生的土司人的人文，他们是农民、是猎人、是兵，还是匪，握锄时能种地，持械时能战斗。抗击入侵是兵，争抢地盘是匪，执宗法是族长，发号施令是个王。但这个王比起王朝的王更难当，要做到：智胜众人，武敌群雄，威慑四方，德以服众。一代能，二代、三代还能吗？这一世袭制明显发现难以维持，于是从强到衰不可避免，"改土归流"成了不是选择的选择，明王朝所赐的"东南第一功"抗倭的牌坊高高擎举的也许就是改土归流的前兆，"国泰民安"就是天下臣民共同的愿望。当年的王气匪气渗透到这块土地里，流到这方人的血脉里。

凤凰古城是我们楚天同行 36 团目的地的最后一站，到达这里时已是夜晚九点左右，我们把行李安顿好，便急着往沱江边赶，沿江领略着这不夜城。我看着沱江两岸，总觉得一边更比一边热闹，一边总比一边耀眼，凭一个醉酒人的经验，这沱江已成了一个醉汉，日里碧波荡漾，此时已是眼花缭乱，面对着来来往

往的人不能看清任何一个面目，模模糊糊，仿佛自己依然清醒，醉的是这些人。醉酒的沱江有太多太多话要表达，可是他就是表达不出来，只能吼吼吼，喝喝喝，让酒瓶相碰，让东倒西歪的脚步把吊脚楼踩得梆梆作响，我们说醉了，他们说这是激情音乐，繁华凤凰城，充满神奇色彩的边贸商城，能不激情吗？醉酒的沱江就是热情，每每经过一拨人，总是热情邀请，可以陪酒，可以陪舞，人生难得几回醉。你看吊脚楼下挂满酒瓶，这不是摆设，不是创意，而是醉酒沱江的灵魂聚会，他们正在密谋如何放出酒蛊，不论是匪、是霸、是商、是军、是文、是官，还是流浪汉，到了凤凰城，就得醉倒在沱江边。我们的团就在这醉酒沱江边走散了，各自寻找着自己清醒的一半。

回到宾馆，我睡得很死，连梦都被我的睡态吓怕了，不敢来找我。我睁开眼，赶紧想到了沈从文先生，想到他笔下的翠翠，意想着在清晨薄雾轻纱中有一艘摆渡船从对岸划来，在渡船边站着一对眸子如水晶般的小翠翠，哪怕在我见到那一刻，她如"黄麂"一般"嗖"的一声瞬息消失，我也不留任何遗憾。我的目光搜遍江头江尾，没有渡船，更没有翠翠，流来流去的尽是江水。

楚天同行 36 团中要去看沈从文故居的只有五个人，别的去苗家寨，团导有点不耐烦，只为我们不跟大队伍，要看什么沈从文的故居，减少了他的收入，增加了他的麻烦。他说：不就是一幢老屋吗？但我们依然坚持，虽然团导引领的速度近如小跑，但弯曲幽深的洁净巷弄已引出我诗心追随，沈从文的清瘦影子就在巷弄里，一个将门后代居然提笔书写人生，用一支笔来捍卫湘西的风情。提督的祖父，军官的父亲，充满方刚血性的一脉流在沈从文的身上则演绎得诗情画意。是因为军官的父亲在镇守大沽口

炮台失利而灰心吗？还是因父亲刺杀袁世凯被追杀而余悸未了？
一切因果并不单纯，但凤凰城的确让沈从文名副其实地从文了。
这一从文名盖列祖，故居以沈从文名之，正厅安坐的是他的塑
像。虽说凤凰城也有许多军门故居，但巷陌里游走的是股股文
气，这也许就是凤凰涅槃的缘故。传说中凤凰羽毛七彩，金色为
主，鸣声悦耳，在临死之时，会采集芳香植物的树枝、香草筑成
一个巢，点火自焚，在熊熊火焰中，孕育出幼凤凰。沈从文先生
就是一只最美最吉祥的新凤凰。

　　我的时间，我的脚力，我的机缘永远走不到凤凰城聚气大
穴，永远吸不足凤凰城那种涅槃福气，只好坐在逆江而上的小船
中游上一段，看看两岸浮在江中的吊脚楼倒影，把自己心扉敞
开，好让带文气的水雾滋润到我的心田。

　　团导催促得紧，不容我再仔细看看江边的浣衣女，游客也挤

得很，不容我的视线好好地跟踪一下那个小翠翠的背影，商业的气息太浓，不容我多捋几缕文气，我依恋地离开了凤凰古城。

楚天同行 36 团解散了，我还有点怀想这个团队，特别是我自己这个别动队，我的别动队比起别的分队可爱。我们有匪气，能抢牵到小导游的手走过连运桥；我们有霸气，扭过团导诱引，按自己意愿瞻仰了许多文人故居；我们有文气，大大方方地登上"魅力湘西"的大舞台与演员同欢；我们有勇气，与苗家姑娘对上山歌；我们有和气，能在旅游餐上吃到生日蛋糕，唱起生日快乐歌。这一切，也许就是我们吃湘西饭，喝湘西水，吸湘西气而赋予的。湘西赋予我们美景，我们则大胆地展示了楚天同行 36 团的气质。

流在草尖上的气息

【引子】我是从云飞树晃、草摆幡动中看到风的流动，当我知道这流动的行程时，仿佛能嗅到裹在风中的一缕缕气息。从秦皇岛海滨一直到坝上草原，一路风景风情，原来亘古，触目清新，就如草尖上的露珠，质透气轻，淡淡地散发着若有若无清新幽远的气息。

坝上草原

对草原迷恋从何而起，真的说不清。在我没有走进草原时，骏马、弯刀、骆驼、鹰隼、藏獒、荒原狼等一个个力量垫起的高度让我敬仰着它，敬仰中我萌生了驰骋草原的雄心，雄心又在日子的酝酿中成了梦想和游戏。即使一次次梦境，一回回游戏，雄心与力量的角逐，雄心被一次次摔倒，然而它能如土狗一般，一次次地在听着大地的脉搏，嗅着草的气息中站了起来，抖落尘埃，喘着粗气复原，回顾草原，残余并不是胆怯和退却，依然是向往。也许就是这种能让人疼痛至死的向往，使迷恋特别地刻骨铭心，我对草原就有这一份迷恋。

当我走进呼伦贝尔时，看天，看草原，看马群，我仰天哈哈笑了起来，"蓝蓝天上，白云飘……"原来就是天然之作。我吸足气，想唱上几句，然而蒙古包前嘹亮的歌唱把我的冲动羞得躲藏到心房深处，"远方的朋友，一路辛苦，请你喝一杯下马酒！"我接过酒杯，敬天敬地，仰脖喝下，佩挂哈达，草原的热情温馨弥漫了我的周身。这份情愫我太熟悉了，是亲戚的酒杯，生分中热意腾腾，是回家的宽怀，随意躺下都能熟睡。真没想到，每一片草尖都长着力量的大草原竟如此地体贴。温馨熨帖的关怀，会抽去岁月的经纬，我如婴儿一样，兴奋无比，把草原当作母亲的大怀抱，尽情地跳跃，舒适地打滚，汗息从肌体渗出，一股股全新的气息，是草味，是酥油茶，是马腥羊臊，我激动着这气息，对着"长生天"欢呼，我的血液一样有着草原的元素，我也是草原中的一粒草籽。安静中我明白了，我对草原的迷恋原来也有着根生的缘故。

若说和呼伦贝尔草原相遇是与草原的第一次牵手，遇见坝上草原该是与草原的第二次握手。当我再次握到这一有力的大手时，仿佛接通了一根血脉，马背雄风的血性顺着这根血脉有力地向我注入，我兴奋了，我要骑马，让马把我托高，追着云跑，赶着风走，让草儿有着葵花的情怀，把马背上的我当作太阳，我走过的路线成了草摆的方向。

然而我遇到的是一骑灰白色的马，这种不彻底不明朗的色泽，让我的心情也染上了灰色。牵马的主人见我迟疑，便说这是白马，骑上它会如白马王子。呵呵！我轻轻冷笑，跨上马背，望茫茫草原，我知道就是给我乌骓、赤兔或一骑汗血马，也跑不到草原的尽头，一切释然，良驹配名将，烈马配勇士，驰骋草原的骏马永远昂首向天，它背上驮的是一部部历史，一座座丰碑。我呢？一粒草籽萌出的草民，能跨上马背已经是草原的大爱，岂敢奢求。

我的身体落定马鞍，仿佛僵硬成一尊木偶，握镫、持缰等系列动作都是在牵马的主人手把手中才完成。我担心着这笨拙的木偶，会不会在马蹄踩响草地时而应声落下。马悠然地迈步，风轻轻地从脚下吹过，从身边吹过，我持缰握镫的手也随着马的悠然而放松，手心中的汗息也被风吹落到草原，我听到马的呼吸，嗅到它气息，见到马蹄轻轻点到草尖，嗒嗒嗒嗒，不是践踏，是一种交流与倾诉。我终于明白在我内心深处那匹马，是铁木真胯下南征北战、双眼喷血的马，是速度，是力量，是征服，而不是康熙大帝"合内外之心，成巩固之业"习武围猎、威而不暴的祥和之马，是沟通，是教化，是和谐。

马蹄声声，往事悠悠，不可评说。不论是呼伦贝尔还是木兰围场，草，一定同样喜欢倾听马儿轻嚼的声音，胃里反刍的声响，喜欢嗅着的是新鲜的马粪味，而不是叮叮当当铁器撞击声和杀戮的血腥。草这样想，草养的马继承草性，也这样想。我提起镫头，让马看云，想让它追着云奔腾，双脚拍击马肚，想让它驰骋起来，找一点儿叱咤风云的感觉，可马依然信步悠悠。太阳晒在当头，白云定格在天边，"骓不逝兮可奈何"，只得静心享受着这个安宁。马仿佛不在乎自己背的骑客，把青草咀嚼得津津有味，东一匹这样，西一匹如是，稀稀落落都是一样，整个草原沉浸在一样的气息中，原来这就是草原，这才是原汁原味的草原。我大口大口地呼吸，我要像马一样粗进细嚼，要把这草原的味道装满心仓，品味一生。

承德山庄

　　把一个王朝的行宫命名为山庄，只能是"承德"，秉承什么大德，能有化尊严于平凡，移庙堂于山野，寓治国安边于猎场的大手笔呢？我慢走细品，寻觅着康熙大帝植下的那条大德之根。

　　山庄人流一浪接着一浪，稀里哗啦声声作响，这里"栖下清朝半部历史"之说在人流的浪潮中跌宕着。我劈波斩浪，深潜沉底，我的目光不再流连飞檐翘翼的雄伟，不再关注窗棂雕镂的工艺之美，而是盯在了前宫后院的基石上，这里有别于故宫，有别于其他御苑。我看到了一块块自然基石，有的是台阶，有的是墙

础，凹凹凸凸，棱棱角角，一一品读，我选定树荫下的一块础石坐定，想在山庄修建的历史中停留片刻，感受一下康熙大帝"测量荒野阅水平，庄田勿动树勿发。自然天成地就势，不待人力假虚设"（康熙题三十六景第二景《芝径云堤》中的诗句）中因地制宜、称心于天造地设的那种得意。

石头清凉，我身燥热，一下子坐定，便是两种感觉的交融与调和，几分钟过去，渐觉燥热退去，便得几分清凉，得几分清凉就得几分清爽与自在。由自己的自在想着康熙大帝的自在，他坐在"静寂山房"或"亭台"间，或也在我坐的这块础石上，得风沐风，没风就用纸扇借来木兰围场的清风，听听蝉鸣，嗅嗅草香，过把隐士、樵夫或倚在树头小眯牧羊人的那种自在瘾。一个皇帝真的会向往这种在野的自在吗？我很得意着自己的想象，康熙确实喜欢这种的自在，且喜欢他的子民都能过上这种的自在。他的诗句"留憩田间乐，旷观恤闾阎"就是这种大自在蓝图的闲章。

康熙有心在野，自然也身染野味，且是木兰围场草原中那种野味，有草的味道，有马羊的腥臊，气大味浓。康熙秉承的草原大气足以贯古贯今，16岁智捕鳌拜，夺回大权；20岁平定三藩；接连派兵攻入台湾，平定准噶尔部噶尔丹叛乱，界定中俄边界等，可称得上是盛世大帝。这样有草原大气的皇帝完全可以君临天下，盛气凌人。然而他没有，他居然以羊腥熏香供奉品德，管牧羊人为师，学得治国之道，掌握羊的习性，顺势而趋，修建"外八庙"，凭梵音让边疆气定神闲，各族人民安居乐业；居然以糍粑、马奶滋补着自己的坚强意志。

我得几分满足，是那种触摸到康熙大帝的承德之基的满足，

又有几分欣喜，是嗅到了帝皇与我们有一样相投之气的喜悦。我不时地回顾，是想留下一些东西，这里毕竟是行宫，更多的是政治气息，我要挥去沾在衣上的清朝末年的腐朽辛酸味，轻松而别。

山海关

这一路读景，我持着一个情怀，就是寻找草的味道，石基砖墙的山海关还有草的味道吗？我想嗅觉除了基因还有功利，由于功利驱使对自己所求的气味会特别地敏感，只要"雄关"系着草民，草民气息就会渗透关中，这关中石础砖墙，我一样能嗅到草的味道。

也许我的思维撞到了南墙，但我此时死不回头，坐在车上东扯一缕，西抖一绺，寻找着草民与关的情结，一缕从生到死，一绺七彩生活，草民的一生大概就是在攻关中耗尽。生如出关，死亦如出关，然而在这生死关前，弱小的草民显得无助，只能借助道士抽象的通天本领，召天兵神将，要令牌，发通牒，奉钱财，去摆平一关又一关，求得好生好死。是的，要过关，就得有令牌，有通牒，或有银锭，百姓的假戏，官方真演，山海关的这一切就是草民过关繁殖的，山海关的每一块方砖都透着这草根的气息。

走到山海关城楼前，瞻望"天下第一关"的匾额，我想这里的天下第一是指城楼的魁梧雄姿。若论戍楼更鼓，这山海关的打更人只是曾曾孙辈；若论雄关箫声，这山海关还听不到胡笳十八拍。然而山海关确实雄伟，威慑四夷，建成后先是震慑明朝大军师刘伯温与大将军徐达。刘伯温从此遁迹山野，自隐成草民；徐达化威武为顺从，如藤条附树，依附在朱元璋身边，接连让更多的明朝开国元勋就因"兔死狗烹，鸟尽弓藏"而成了庆功宴上的不归客。雄伟的山海关在明朝就有这样的威慑力，直到吴三桂打开关门，改朝换代了，雄关依然雄风不减，同样威震四夷，福庇三界，几千年前哭倒长城的孟姜女还魂归关里，天天哭诉着草民的长城情结。

　　登上城楼，满目关山，满目城池，若不是因为有发射箭矢的垛口，我分不出关内与关外，两面都是热土。我这粒草籽，随风飘落，无论落在哪一边，只要有土的养分，一定都能长成一株绿草。然而许多的笔墨中把雄关当作了分水岭，描绘着关内关外的差异。有的人说北夷南蛮，缺少教化；还说北多出匪，南多为

盗，北人喜欢明抢豪取，南人则喜欢暗盗巧夺。说好听点是北方人粗放豪迈，南方人机智灵活。我承认地域差异，但并不是这山海关为分水岭。我站在垛口边，目光极力向关外投去，弧线划过各个朝代，落定边陲，转过身来一样划到南方的"天涯海角"及至海洋中央。朝代兴衰在弧线中如一点点星辰，北线燃烽火，南线叹伶仃洋；北线见到"秦时明月汉时关"，南线一样有海禁告示连连；北有张骞出西域，南有郑和下西洋等等。也许是我站在"天下第一关"的山海关上，让我有着天下情怀，胸怀大了，思想无疆，顿觉一个国家就是一个村庄的无限扩大，一样依山面水而居。两条弧线也扩大为天幕，把关内关外同罩其中。此情此景立定山海关上的我，仿佛能听到胡琴羌笛演奏在海上生明月时，能看到江南塞北丝绸路上一样万紫千红，能嗅得吐鲁番葡萄与岭南荔枝的果香。如是山海关也就亲如村中一座城楼，村前的一座廊桥，乡村的烟火味样样浓重，永远脱离不开草味。

我擦拭了汗珠，嗅嗅汗息，再去日饮东海、夜听涛声，看护这里宁静的"老龙头"城楼。

秦皇岛

海岛，不难想象，浪涛如裙，宽大的裙角边有块黑色的滩涂，或有块黄色的沙滩，海风吹来，尽是鱼腥，伸出舌头就能接触到丝丝咸味。游玩的人不会选择黏糊的滩涂，都选择沙滩，它松软而踏实，每一脚踩过，都能留下脚印，只要你不停地迈步，身后就能拖出一条自己肉眼能看得见的足迹。我在秦皇岛的沙滩上也踩了这样的一串脚印。还拾起一粒小石，俯身题写曹操的《观沧海》。完毕，重重地把小石投向大海，石子落水原以为有叮咚一声，结果我的听力省略了这一声，要在秦皇岛弄点声音太难了。

秦皇岛咸味浓厚，再清新的草也被腌制出彻头彻尾的咸味来。我无法嗅到秦皇岛的炊烟，无法看到一只小背篓。走向水果摊，他们总喜欢介绍说当年的当年，这水果仿佛打上了印记；走向旅游纪念品商店，不是珍珠项链就是珍珠粉，蛤蚌孕育的仿佛就是秦始皇当年苦觅的长生不老药，或为附庸风雅的配饰。撬牡蛎老人大概随着滩涂泥土的洗净，也洗去了一身汗味。

想起来是这样，大树底下，长不出小草，一个岛屿，植进了秦皇二字，长出的自然只能是皇家的气象，相传的也只能与皇家有关的故事。这里就有这样传说，秦始皇请高人算过生辰，得知五行缺水，有意用水补缺，因此宫殿以黑色（五行属水）为主色调，又以玄袍遮身，在他意念中四周皆水，这样就能要风得风，要水得水。一个自诩"功过三皇，德高五帝"的始皇帝还能借不来外水补补五行的内虚嘛！

秦始皇也许就是缺水，且缺得过多，没有水滋养的人，就少了水的品质。由于他不明不白的身世（有疑是吕不韦与赵姬的私生子），又长得猥琐，不得赵姬疼爱，兼受生活圈中的人轻慢，

从小内心埋下一座报复社会的大火山。一得势便桀骜不驯，用杀戮彰显强悍，用逞威掩盖猥琐，没有半点水的温柔情怀，更不用说那种甘居下、大包容的博大胸怀。统一六国后，按常理是推行休养生息，由大统达大治，可他依旧时感内虚，一边修筑长城，想借一墙之挡，好让自己做铁桶江山之梦，一边不断东巡，耀武扬威，让天下百姓屈服威武。可万万没想到，刘邦见了说："大丈夫当如此也！"项羽见了说："彼可取而代也！"足见危机四伏。更可笑的是秦始皇登泰山封禅，请方士求长生不老药，没有觉悟到水的自然天道，不敢面对人生，更不敢面对死亡。受骗于方士徐市（福），派三千童男童女上蓬莱求仙采药，内心虚脱到了极点。

秦始皇向外借水，想濯去自己内心的火山，还想以渤海之水养着自己，把一岛屿冠上秦皇二字。然而这渤海湾的水，只养岛，只养众生灵，而不养秦皇，秦朝只历经短短的十五年，秦始皇就在 50 岁时驾崩在出巡路上。

鸽子窝公园，就凭名字是不染皇家气息的，然而在这里的和平鸽也是皇家放养的。毛泽东的塑像就高高立在公园中，用一阕"往事越千年，魏武挥鞭，东临碣石有遗篇。萧瑟秋风今又是，换了人间"势夺惊涛，气吞古今，秦皇岛的万事万物都掩盖其中。看今朝天上祥云，听昨日渤海涛声，秦皇匆匆而别，渤海湾的涛声依旧，天道可顺不可借。

北京还是一声北京

几十年前，那双还沾染鼻涕的小手，在自己的旅行目的地中，大大地写上北京二字。而后用了三十多年时间，吃饭长个，识字读书，积累盘缠，终于在 2008 年中秋过后的一天到达了这个金光闪闪的目的地。当我从飞机舷梯上下来，双脚踩实大地时，心里默读好几遍，喊出了还是一声——北京！

天安门前

到了天安门前，我穿梭在人群中，想找个能看到天安门徐徐打开的位置，看从这里流出的第一缕光芒，如蓬勃朝阳，照亮整个天安门广场。许多人和我一样，急切移动着脚步，可这一堵堵人墙围得很紧，多有弹跳力的目光也无法越过。凭着三级跳的经验，我退后了，给目光足够助跑里程。可是这助跑的里程又偏远了些，一跃而上，超越人墙，仍射不到端点，只能画下一条抛物线，依然不能清晰地看到庄严肃穆的升旗。

天安门大概开启了，人潮一阵涌动，就在这涌动中歌奏响，天空明亮了，广场明亮了，国旗高高升起。无数的相机闪烁

着。这无数弱小的光芒，像阳光下大海上的鱼跃，闪过落下，再闪过再落下。整个广场听到的就是这光芒跳跃的声响，这种激动而又深沉的声响，在轮椅上的老人听来，也许是一种深情的呼吸，或是对敬爱的声声呼唤。也许没有一种声音比呼吸声更动人，没有一种情感表达比声声呼唤更感人。轮椅上的老人在这样的声海中，多次地抹着眼角。

太阳越来越亮，天安门前的广场也被照得更宽敞，人群可选择的走向越来越多，一堵堵人墙如集云散开。我见到了人民大会堂、人民英雄纪念碑、毛主席纪念堂等。一切真的都像书中读到，银屏上看到的一样。左顾右盼，我深情呼唤着：北京！

紫禁城

改朝换代的摧毁力确实不同寻常，不仅打开了紫禁城的大门，还赶走了皇帝。这一来，这座红墙碧瓦深深的紫禁城被抽空

了。"嘛！奴才在"这个屈顺等级的应答成了紫禁城的一个记忆。如今徜徉在深宫内的是讲究堪舆、精雕细琢，以及凿井泼冰、集财集力浩瀚工程的文化灵魂。文化是全人类的，于是凭一张门票就能出入其中，感受着它的博大精深。

从天安门到端门不种树，堪舆界说紫禁城处南属火，不宜植树，也有人说是诸侯将相怕树藏杀机。这里青砖七层铺地，堪舆界认为皇宫之地，重上加重，一块青砖几抔土，也有人说是宫中显贵，怕地冒杀星。不管怎么说天地玄机，变幻莫测。只有天人合一，才能气顺意顺，不然机关算尽也还是于事无补。千年的宝盖罩他们的头上，也擎举在平民手上。一旦失去老百姓的拥戴，百姓就会拂袖而去，多坚的宝盖也会坠地而粉。

紫禁城的门道真多，我想拍下自己所见到的所有大门上的匾额，记下进出的道道。可是到了香妃阁，探头到深邃的香妃井，感觉到一股寒气袭来，原来的想法丢失了，当年紫禁城的门道是无法走得通畅的，就连皇妃也走不通。即使能画出一张一目了然的线路图也是派不上用场的，慈禧太后尚能让龙凤倒位，哪还有什么门道之道。

看着紫禁城内四角的天空，有一朵云飞过，紫禁城里有一团影子掠过。再看飞檐风铃，听一声叮当，紫禁城内有一缕风吹过。紫禁城，禁锢的是什么？是布衣草民，是宫女妃子，还是那些"奴才"？云散去了，风铃也哑了。好像许多许多都禁锢不住，只有精雕细刻的青龙、白虎、朱雀、玄武，静静守护着这座神秘的红城。

超乎寻常的谨慎，处处都是机关；超乎寻常的精致，处处都是艺术。这样的地方怎么还能作为处理政务之所，怎么还能作为安居之地。宫女哀怨，官员战战兢兢。

我有些眼花缭乱，一天了还没走出紫禁城。夕阳西下，暮色中的紫禁城染上更加神秘的色彩，最后我摸了摸门钉，拍了拍门槛儿，离开了故宫。九九八十一枚门钉，钉住了我的追古情思，那条门槛，好像横亘在历史与当下之间。虽然我一步迈出，但依旧回首故宫。就在回头之际，我轻轻喊了一声：北京！

王府井大街

没有看见王府大院，也没看见那两口甜泉之井，王府井只是一条小食街。蒸、烤、炖、煮、炸、煎，各类摊点紧紧相挨，热气一股推着一股冒出，多味小食像在玩着饮食游戏，北京的爷们儿真会玩，就这百姓之天——食，也玩得有滋有味。我很想在这里见到一手提鸟笼，一手摇扇的北京爷，可是一股股人流进，又一股股人流出，就是找不到一位。我有点落寞，难道北京人就不喜欢这特色小食？要是不喜欢，又怎么会推介给心仪北京的外地人，而他们自己则坐在"全聚德"这样的老字号包厢里细品慢嚼烤鸭。北京的爷就是会玩，玩动了流到北京的一切。

小食摊的热气，热闹了王府井大街，俗气成浪完全淹没了王府的尊贵之气，呼噜呼噜的食相，一手托碗，一手扒筷，就是平日里训斥孙子"吃要吃相，一手托碗、一手扒筷，就是一副穷酸的光棍相"的老大爷和老奶奶也不例外。

无贵无贱，无拘无束，边吃边行，边看着小摊点。才扔了手上空碗，又捧起另一碗，吃吃停停，非常惬意，这样放浪形骸

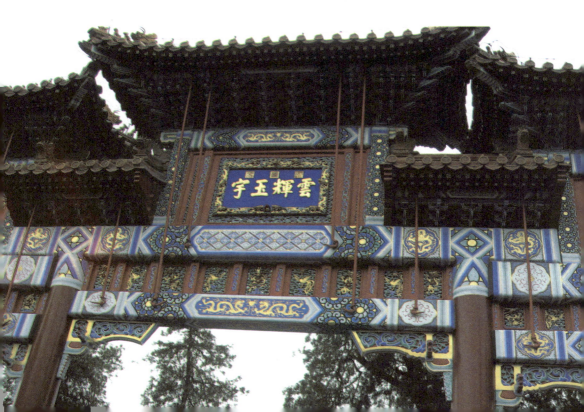

地吃着，有着侠客的豪迈与流浪者的自由。我一捧一扔，一捧一扔，一共吃过三碗。吃累了，吃腻了，一屁股坐在一家店门口休息。我摸着自己的肚皮，想着北京的爷就是会玩，把我的野性也给玩出来了。北京！还是一声北京！

八达岭长城

皇家人玩的东西就是大，修墙筑城几乎每个人都玩过，但大家都不是帝王，所以城墙吧，只能是守城和护院，不像万里长城能守关护邦。有人说十三陵是皇帝陵园，长城是百姓巨坟，这个说法的合理性大概是说长城埋下了许多征夫骨骸。孟姜女哭长城就演绎得非常感人。

牺牲总是悲壮的，悲壮在岁月的洗礼中，成了壮丽的诗篇，长城成了世界文化遗产。站长城之上，从垛口极目望西北，众山逶迤，峰起谷落，延绵不绝，又值入秋时节，山体染彩，红、黄、绿相间相融，它们又随山峦走坡拥戴在铁质长城边上，确实描绘出一幅有骨有血的风景。

当年修筑长城的征夫一定不少，日头是最严酷的监工，在每一个征夫的脊背上烙下暴晒的印记。山梁上最动听和最无奈的声响，一定是那扛石挑土的号子，是那击起火星叮叮当当的凿击声。征夫扛上很多的石块，垒起一堵堵严实的墙，但没有守住家，也没有给自己立块碑。他们又凿又击，不是为自己刻名琢字，只是凿平石块的棱角，在砌石时，让石与石之间的"人"字严丝合缝。就是这无数严丝合缝的人字，砌成了永远

不倒的长城。

长城确实守住了许多，要不然登长城的人怎么会这么多，无论我多顽强，多不讲究规矩，拼命地挤着向前，可我的前面总有许多许多的人。超越，再超越，还是在人家之后，只好停下望长城内外。

风很有劲，而且是凉意十足，我披上长风回望北京，当年的防御工事如今成文化工程，到底是超越还是根性。北京，悄悄地喊一声：北京！

黄包车上

坐黄包车穿行古巷，好似老北京记忆的演绎，车子、车夫、走过的巷道，都有着历史痕迹。车夫问我要讲解吗，这个要加小费。可我不是阔佬，不是衣锦还乡，也不是为寻根而来，至于北京的胡同也不是坐在黄包车上听几句就能了解的。这讲解费就省了吧！花钱省了，这段路程也好像短了许多，车夫把车子蹬得特别快，把我当成当年逃避追捕的地下工作者。但我的心并不急躁，还留意着胡同边的屋宇。

文人故居、官宦私宅、商人院落等，胡同里的就是小门小户。那门墩有的就是一块天然之石，即使也有些雕刻，均属拙朴之列。我喜欢这样的胡同，这才是人居的地方，他们迈入这个门，说声回家了。我见这门，也会轻轻问声，主人在家吗？不管是折回历史还是现实，我都喜欢成为这个家的客人。

黄包车夫一定喜欢吃羊泡面或涮羊肉，他身上透出的汗息就是这个味，羊肉滋补，有了这个滋补品，车子才踩得飞快。我本想能见到一个茶馆，看茶馆里的人拉着胡琴，唱着京戏，可是这条胡同没有。胡同流淌更多的是拉煤的吆喝，粪桶的流涮。

郭沫若的故居就在这巷口，是大户人家，如今是纪念馆，是中国散文学会办公之所，我的姓名随书信到过里面，可是我还只能从门缝里张望着里面的世界，不管一缝之见还是一缝之向往，总之还是窥得一线天地。

胡同七转八弯，曲而不阻，倒有曲径通幽之感。大户人家屋内假山、池沼、回廊，造景成趣，小户人家吧，凭着胡同也别有一番情趣。北京！还是一声北京！

鸟巢与水立方

可爱的人类，很会想象，很会琢磨。大家都憎恨文字狱，但许多人又喜欢玩文字圈、套、囿，或玩文字喷雾。若是这些人长大了，成王了，会不会玩文字狱？我不敢断定，但可断定，别人为捧他，一定会玩出点名堂。

盘古大楼傲视天地，鸟巢与水立方隔街而居。这几座楼确实有着深远意义，开天辟地，走出巢穴，依山傍水，代代繁衍。

鸟巢形似鸟巢，一根根支架就是一根根枯枝，横七竖八，支支架架，是工学又是自然学，似天然又是巧作。太阳下鸟去巢空，只见枝条围筑，夜里华灯一上，鸟巢就如群鸟归巢，枝枝丫丫的缝隙间透出巢的温馨。

同时水立方四壁也涌起千涛万波，一边有着喃喃细语的温

馨，一边有着万壑竞流的生机，组合成一个天地万物自然和谐的画面，森林公园环绕四周。如此景致，当然是奥运精神的集散地。

灯光异彩纷呈，人流如潮如涌，我们的队伍也就在这里走散了，多次的通信联络，多次相互约定地点，可总无法集结。大概是蚂蚁爬到了巢穴中，随意一根枝条、一间小洞穴都成了大乾坤，一下晕了头，最后靠最原始的大吼叫，终于找到了同伴。一集结就在鸟巢前叽叽喳喳，真的像鸟了。像一群待哺鸟，飞不起来的鸟。北京！还是一声北京！

岁月菩萨

西安城

西安城最让我惦记的是贾平凹先生小说《高兴》中所提到的"魏公寨"和"锁骨菩萨"。

魏公寨，在哪儿？明知道在西安城一定找不到，可我偏要打听，问上一个人，仿佛就为走向魏公寨之路铺上一块砖，问上三个人，就有到达魏公寨的感觉。《高兴》中这样描绘："到了魏公寨，果然有条丁字街叫塔街，街口却是偌大一个古董市场。"大家都说，西安城随便捡起一砖一瓦，说不定就是秦砖汉瓦，一只养猫喂狗的碗，说不定就是唐朝或明朝的官窑瓷器。这样满地都是古董的老城，能没有古董集市吗？然而古董只有懂古的人才喜好。它是搁在龛头上或艺术橱窗上的生活，这样的生活一定偏离闹市，而又不脱离闹市，情理中魏公寨就在"丁"字的那一横上。魏公寨有了着落，我的思绪自然就能登上魏公寨锁骨菩萨的塔顶，看着西安城各朝各代的长衫慢慢踱过丁字街，晃过一间间铺子。一张张活生生的脸，有血有肉，然而平静如水，仿佛都在岁月菩萨的真经中得到修炼，生活的风风雨雨都在岁月长河中淡

去。一块白纱巾盖过手面，拿起古董端详，左转右转，揭盖翻底，历史在这里转悠，乾坤在这里翻转。放下它，扔了纱巾，拿起放大镜，一条条细小的纹丝此时被放大成历史的河流，西安城流过的一切，都映印在这细小的纹丝中。长衫们俯仰之间，用天地装下整个长安城，他们确认了哪些是岁月菩萨超度的永生古董，哪些只是俗常陶罐瓦釜。站在魏公寨，清清楚楚看着这一幕幕。古董、长衫，面对他们，我像刚出生在西安城的婴儿，这陌生的世界，急得我浑身发热。一阵风吹来，呼呼作响，西安城平平常常的人都能立即分辨这风声是来自潼关内还是潼关外，不管是来自关内还是关外，都是八百里秦川的浩瀚强风。我感激这风，感念着岁

月菩萨，他们为西安城度下许多永生的灵魂：明城墙，大、小雁塔，兵马俑，碑林，华清池，等等。追赶着历史的步伐，想一处处补课，让自己长成西安城的长衫，在岁月菩萨面前修下如水之境和通透智慧，可以像他们一样端一件件古董，而端起一个个朝代，说起一桩桩故事。然而我根浅资薄，不能在几天时间里修成长衫，但我并不遗憾，通过这次修行，在岁月菩萨的经堂中，仿佛听到这样的偈语：不论尊卑，不论善恶，不论残暴忠良，因起多大，果就能结多大，根植多深，花就能开多久。秦始皇总与万里长城同在，七千兵马俑永远守着秦陵。西安城中的一切都写了这一笔，就连发现兵马俑的杨志发先生，也与兵马俑连在了一起。

我曾与孩子说，每做一件事，从哪开头就要从哪结束，如开箱取物，是从开锁起，就要从扣锁结束；削苹果从启刀发端，就要从封刀落末，这样才叫有始有终。跪在岁月菩萨膝下，默默祈祷，游西安城我从贾平凹先生小说开启，最好也能在与其相关的旗下道别。岁月菩萨不负我的愿望，文友王飞从三百里之外来到西安城，相见在聚宝阁。朋友的真诚让我又一次次翻阅长安城里抒写友情的唐诗，从折柳送别的灞桥，一直到阳关之外，驱风神游，感觉着情谊二字的分量。我们来到了聚宝阁，这西安城的百宝箱，西安城的缩影楼，文物装点，文气弥漫，足以醉人。我们用餐的梨花厅一斑布局足见全豹。围屏窗棂处处精雕，室内文房四宝侍候一旁，檀木古桌老椅如老者静坐，此境中，敬慕和小心油然而生。我点了几样西安风味，边吃边聊，在经典古老的面前，我们稳重了许多，别后五年的情愫没有激动迸发，如同一杯陈酿的酒，我们细细品着，格外地用心和熨帖。一聊近两个小时。文友说贾老师常在这里会见朋友，这里还可以听秦腔看二人转。一

提到贾平凹先生，感觉冒失之余又添冲动，拿起相机想拍几张照片，服务生礼貌地阻止了我，我们相视轻轻一笑，我们的笑容里一样透出宝物不可轻视的信息。在霓虹灯下回眸了聚宝阁，感觉还有许多缺憾，我没听到秦腔，没见到贾先生……还感觉这里只有经典一笔，像贾平凹先生那种粗犷透土的一笔搁在哪呢？

壶口瀑布

虽然说脑中锁定的目标是壶口瀑布，但是一到黄河边，目光就被黄河沿途风光俘虏，服服帖帖地追随黄河流动。壶口瀑布，看壶口瀑布，所有的目光向一个方向投去，就如黄河所有的水一样，至此注入壶中。好在目光的碰撞无声无痛，要不然瀑布的震

声，再加上这撞击声、喊叫声，那响彻就不只是十里之遥，有可能撼动天宇。我把脚站稳，打开思绪天窗，撒开密织的思网，想网住瀑布激起的金花，收藏几束敬献给岁月菩萨，也让岁月菩萨拈花一笑。大概是我织的思网过于疏散，不仅网不住金花，也网不住流过壶口的故事，只收到黏滞在网上的丝丝黄河水。

黄河水，我在轻捏慢揉中，触摸到我心中的感觉，它像老祖母的双手，有着饱经沧桑的粗粝，又像蕴含着昆仑山冰雪涅槃后的舍利子，有着颗粒之感。想起这，把自己罩在了壶口瀑布冒出的金黄浓烟里，让裸露的肌肤得到粗粝的摩挲，让衣衫兜满昆仑山雪水的舍利子，而后对着壶口瀑布说上一声：黄河！我死心塌地想成为这里的一粒沙子！此时满怀豪气，跟随着壶口边的陕北老汉大声喊起：且——子！

　　"源出昆仑衍大流，玉关九转一壶收。"黄河水从壶口注入，在跌谷轰鸣回旋中，有的成烟，有的成雾，也有的借阳光架起虹桥，当然更多还是回到河道继续向前流淌。绵绵黄河水，滔滔黄土情，黄河让我想起了唐诗，想起了大唐盛世，想起盛世中的一个官员。这位官员其老师说过："圣人不常出，按照惯例一般是五百年出一个圣人，五百年黄河一清嘛！"后来这官员把名字改成"员半千"，想自己成圣人，可历经一千多年黄河一直没变清，所以员半千也没能成为圣人。到底是老师忽悠他，还是黄河狂醉了他。琢磨着唐朝那位老师的话，大概讲究的是天地人合一，道出的是母亲河的一愠一笑都蕴含她养育的子孙的福祉安康！可是员半千居然先占玄机，以取五百之意——半千呼名，想圣贤天下。黄河的水流淌着黄土高原的色泽，百折不挠是河流的本质。员半千一定没有到壶口瀑布沐浴过，要不然怎么不知道，烟是景，雾也是景，通天虹桥更是景；怎么会不知道，一切回到黄河中依然是水。岁月菩萨同样有这样的经文：镜花水月本是空。我向着黄河不知道对谁又大吼一声：且——子！带了一粒黄河水浸渍的小石块，随人流离开了壶口瀑布。

延 安

　　摇篮、圣地、东方太阳升起的地方，都是对延安的敬称。这些称呼都随飘扬的红旗呼啦啦地响彻神州大地，拜谒延安也就被誉为红色之旅。岁月菩萨在延安这块土地上行善施福时，有那么一段时光，她的莲花座一定泛出红色喜庆。同志！同志！一声声

叫来，一声声喊，好比温水泡冰糖。彼此间体贴入心，没有了尊卑差别，没有了地位悬殊，毛主席、朱老总这样的大官一样亲如兄弟。

"一道道水来一道道山，山梁上走来山梁上转。上了一道坡下了一道峁，一走走到南阳峁。走山岭来过河湾，走过河湾到石湾。"口里唱着信天游，心里儿揣着延安情。军爱民来民拥军，军民鱼水一家亲！圣地延安是多么令人向往。就在我满怀深情时，导游交代游延安的注意事项，特别是购物还价不过三，第三回说下价，就得买，不然陕北人会跟你愣！

一双双脚走来一双双眼看，圣地延安就在这里。一个山坳播下革命种子，居然映红了东方天空。不论是"围剿"还是轰炸，延安的宝塔巍然屹立。天、地、人心就是坚不可摧的堡垒。许许多多的窑洞，讲述同样的一段历史，足以见众志成城。走进窑洞，触摸着当年的桌椅，一种铁质的感觉从指尖透入，坚定顽强注入

血脉；走在窑洞前，坐在当年的青石板上，感觉到领袖稳如泰山地与冷酷较量的场景。挺起的腰骨不仅长了斗志，也勃发了豪情，我激动中与民间艺人朱贺平同志一起敲起鼓、唱起了陕北民歌。

千家万户哎咳哎咳哟，把门儿开哎咳哎咳哟，
快把咱亲人迎进来，咿儿呀儿来吧哟喂。
热腾腾油糕哎咳哎咳哟，摆上桌哎咳哎咳哟，
滚滚的米酒快给亲人喝，咿儿呀儿来吧哟。

我把"哎咳哎咳哟！"唱得比朱贺平同志还要响亮，吼出了胸中那种无限乐观的情怀。

激情过后，我再瞻仰延安宝塔，仿佛看到了延安福报的丰碑。宝塔修建于唐代，1200多年了，历经风霜雪雨和兵燹灾劫的考验和洗礼，依然巍峨安详地俯视红尘，是红色宝塔又是佛塔，怪不得有人说这是锁骨菩萨的舍利塔。

我诵读贺敬之《回延安》

心口呀莫要这么厉害地跳，
灰尘呀莫把我眼睛挡住了……
手抓黄土我不放，
紧紧儿贴在心窝上。
几回回梦里回延安，
双手搂定宝塔山。

我就这样抱个满怀，离开了延安！

华　山

在我感觉中，刀、戟、枪、斧、剑等，当数剑为上乘兵刃。佩剑的好像都是侠客，而提刀弄斧的则多为草寇。作品中的剑仿佛刻下了忠义、侠胆、儒雅等闪闪发光的字眼，华山就仗这剑成五岳一尊。华山挺拔于陕西华阴，与太白山、终南山、骊山等构成秦岭山脉，会同西面高大的陇山，北面北山山系，三面合围，东设函谷关，开开合合，共守着西安城。怪不得滔滔渭水流不尽西安城千古风流。

仗剑华山，依剑道而行，笑傲江湖。在历史的舞台中演绎着道教发祥地的重角。华山，东布朝阳，西设莲花，北应云台，南有落雁，中为玉女，东西南北中峰峰挺拔，把五行擎举到空中，在云端雾海之巅布下剑道绝高的太极阵。否极泰来，峰回路转，"自古华山一条道"说得多好，这道就是"道可道"之道。不论峰多高，路多险，弯弯曲曲，绕不出阴阳两极，怎么来就怎么回，没有什么捷径可走。华山道如是，人生道也如是。正如长空栈道上的一副对联："世路如斯不慎独终成恨事，涉身须戒一失足须坠深渊。"

仗剑华山超凡脱俗，如仙俊逸。它处处绝壁深渊，峰峰孤寒傲立，一峰一绝境，一峰一天地，千仞裸壁就是道骨，脚下云如鹤翔飞就是仙风。尤其在云雾蒸腾时，看对面山峰就像腾云驾雾，飘然而行，随云雾弥漫如仙遁隐。怪不得世人只说稳如泰山，因为华山大有静若处子，动若行云，这稳字它不太需要。剑，双锋皆刃，一出鞘寒光四射，一挥动招招杀机，华山每座峰

都壁立千仞，直问苍天，处处昭示着绝险奇境。李白曾这样描述："此山最高，呼吸之气想通帝座矣，恨不携谢朓惊人句，来搔首问青天耳。"若是还我华山处子身，也许只有神仙可造访。

握一把剑，哪怕是现代铸造的剑，也会感觉握住的是一条根；看仗剑者挥剑起舞，会感觉得有股阴气在逼近。追寻着这感觉飞翔，仿佛进入的是道家的大本营。华山就是被这种剑魂所附，不愧是道教发祥地，三十六小洞天中的第四洞。拜谒了华山，应该说沾上几丝道气，也有了些悟性。再回头想着秦始皇选择骊山为靠，渭水绕前的风水宝地为自己墓地，以及请方士东渡求长生不老药等之举，完全是有源之水、有本之木。大概他研读了剑道，仰慕着仗剑的华山，长生不老的华山。

双脚虽然丈量过华山的海拔，但思绪如我的笔力，无论怎样也登不到华山之巅，于是也就没有山登绝顶我为峰的豪情。虽说天下名山僧占多，而华山无僧无寺，并不是说华山与佛无缘。岁月菩萨无处不在，无时不有，就如日光高照，华山自在其中，不生不灭与羽化成仙不也是殊途同归嘛。华山道中有佛，我永远膜拜！

龙门石窟

伊水缓缓流，石山静静峙。天龙开伊阙，万佛笑千秋。这次是我第二次拜谒龙门石窟，石窟中的神佛形象我仿佛见过无数次，一谋面，那种亲切和崇敬之情油然而生，哪怕是奇形怪态无比威武的神像，一样可亲。

　　见所有的游客对着石窟中佛像指指点点，评头论足，我有了许多想法。家乡里就是一只刚出生的小猪，或一个挂在藤上的小葫芦，大人总叮嘱不要用手指随便比画，何况是神佛的尊身。而如今大家用手指比画了，不仅比画还说东道西。说：这是奉先寺的卢舍那大佛，作于唐高宗咸亨四年，即公元 673 年，大佛通高17.14 米，是龙门石窟中最大的佛像。一只耳朵就长达 1.9 米。还说造型丰满，像个风韵女人身。小年轻导游留长发且自然卷，又染了色，我真想堵他一句，想说大佛什么？但我没这样做。于是他一路谈笑风生，指着宾阳洞说，这个窟前后用了 24 年才完成，是开凿时间最长的一个洞窟；指着古阳洞说这是龙门石窟中开凿最早的一个窟，凿于北魏孝文帝迁都洛阳前一年。还说石窟中最小的佛像仅 0.02 米等等。见他说得头头是道，把龙门石窟掌故藏在心中，谈吐如流，好像没什么不恭敬，我也不再找他的不是，而想起石窟佛像里的锤影凿痕。

锤影有声，凿痕有色，历史在这里有声有色地定格，一窟窟的石佛，一个个的发愿者的名字，镌刻着人与佛同生同灭的意愿。虽然说锤影不是留名的人挥出，凿痕也不是他们刻下，然而是由于他们的发愿，才使长达一千米的石头山，变成万佛家园。1300 多个石窟，庇荫着 10 万多尊佛像，3600 余件的题记和碑刻，50 多座佛塔。虽然说由于他们的发愿，宁静的伊水听到了岸上铁与石的撞击声，叮叮当当惊吓了鱼虾；由于他们的发愿，碧绿的香山弥漫在尘埃之中，蜂不亲蜜，蝶不恋花；由于他们的发愿，不知有多少民脂民膏流到这里。这是慈悲为怀的佛家所愿吗？然而这石窟实实在在容下一笔笔丰厚财富。风景名胜，人流如潮，"世界文化遗产"与佛一样辉煌。这开山凿窟又是多么神奇的一笔。是、非！功、过！仿佛脚下的路就是这四块石头交错铺成，且像石窟前的郭公路和方公路一样，一块块石头间用铁制的铆给紧紧锁定，永不分开。

伊水静静地流，曾经的影子随波流远，如今影子又随波而来，显得几分嘈杂的解说成了石窟前最响亮的菩萨经歌，在岁月中不厌其烦地诵读着。

一路寻找的安静

【引子】蓝天下的白云是安静的，大地上的绿树是安静的，黄土高坡干枯的河道是安静的，草原上的牧马人是安静的，沙漠中的骆驼是安静的，戈壁滩上的砾石是安静的……路上什么是安静的？

一

酷暑的热浪，有风扑得凶，无风捂得紧，不管躲到哪个角落，都会被热浪裹住。裹得越紧，挣脱得也就更起劲，能动的一切都动了起来。制冷机轰轰不绝，电风扇呼呼作响，人，想方设法腾出一只手摇来扇去。万物如同被抛到热浪滔滔的海里，游的游，划的划，扑腾的扑腾，都在与热浪抗击着，想游到清凉岸上。此情此景，四面八方传来的尽是搏浪的声响，哪里还能找到一刻的安静。

火车站的候车室，如同河流的湾坞，海中的小岛，我拖着行李急急地泊在其中，然而这里一样找不到清凉，找不到安静，集聚的人流把待发的情绪，等候的心情，推向了浪尖，像两根红色

的浮标，不停地沉浮在车次的广告银屏前。

　　一位"兄弟"占了三个座位躺着呼噜呼噜睡觉；还有一位"兄弟"倚着柱子与被子草席等一担行李，同睡在柱子跟前。这身心的安静，比起候车室里的安静，确实有损大雅，然而我觉得这才是真正的安静。有人说"境随心生"，也有人说"心随境转"。这两句话有如一副身躯的两只手，不管你如何挥舞，都不是真正的安静。候车室两位睡觉的兄弟，心不生境，境不烦心，累了睡，睡下就是家，多好的安静。"兄弟"的安静，不是书传，更不是礼达，完全是疲惫身体的教化。有人指责，有人鄙视，说什么没教养。哈哈，什么是教养，教养就是教人容不下这种身心的安静，养出一副彬彬有礼的模样吗？

二

　　这一回西北之行，赶了三趟火车，从兰州到敦煌，又从敦煌到银川，又从银川到呼和浩特，由于车次安排，三趟都是下午两点多上车，夜宿在旅途中。

　　我在火车上留宿时间虽不长，但应该说也是有经历的，前前后后不下七个晚上吧，走过的路程快赶上红军长征路那么长了。有了几场经历，车上留宿没有太多的不适应，行李安顿好，就相当于也把自己安顿好了。车厢里渐渐地安静下来，也有了秩序，上卫生间的，躺下休息的，围着打牌的，透着车窗看风景的，一切随着咣当咣当的节奏有序地进行着。

　　阳光照着，车内车外都明亮着，可以随心性地观看，车窗外风景仿佛都在变，可就是变不出花样，也许是我的心太粗糙，没看出这些风景的丰富与生动。一座座的塬相连着，一面面黄土高坡紧挨着，偶有一两株活着的树，喘着粗重的气息，长着生命的顽强与一生的孤独。孤独倒下，便是空旷，抛下黄土塬，火车便碾在苍茫的戈壁滩上，朝着火车前行方向看是戈壁，背着看也是戈壁，辽阔原来就是让人找不到方向标的那种大。这近乎空无的辽阔，寄居在这里的只能是灵魂，是敢于挑战死亡的野性，是寂寥，是能够抗击孤寂的丰富内藏。戈壁喜欢与草原、沙漠为邻，不是因为习相近，意相投。完全是相悖的相依，草原用草色枯黄表述着春去秋来；戈壁滩寸草不生，没有春秋，只有夏阳冬雪。戈壁滩坚硬无比，沙漠绵绵如毡。风来时，草原风吹草动，戈壁

滩孤风自游,沙漠里扬沙飞土,一切格格不入,然而却长久相依。大概是因为它们有着共同的性质:空旷、寂寥、单纯,不一惊一乍,不怪异丛生,而是以博大简单的柔美,成了灵魂与野性的家园。

黄土高原、戈壁滩、沙漠、草原相对热闹的生命来说,确实是安静的,几乎安静到休克,然而安静并不是死寂,而是活生生中的一个平静,有呼吸,有梦境。于是我觉得黄土高坡干枯的河道是安静的,戈壁滩上的砾石是安静的,草原上的牧马人是安静的,沙漠中的骆驼是安静的。

三

目光从车窗外收回,想让它也安静片刻,但刚回到车厢里的目光,如同新进车厢的客人,习惯地环顾过周围。那位刚进车厢时到处乱挤乱跑的小姑娘坐在铺位上看起了书,几个搭伙出游的旅友,摆上酒食喝了起来,列车上的叫卖来回穿梭着,这就是安静,路上的安静。看到这些安静我在自己的铺位斜躺着,闭上眼养神。

我忘记自己躺了多久,同伴说这个站点有十分钟的停靠时间,下车去透一透风,接一接地气,便把我拉下去,见他凶猛地吸烟,我说车上一样有抽烟处,你也抽过,为什么还像个断烟很久的烟鬼一样?他说:"脚不着地,摇摇晃晃,吸进的烟气透不到底,只有站在地上踏踏实实地吸上一口是一口。"我没去琢磨他的体会,而对站台的灯光照亮的这节铁轨滋生了兴趣,铁轨两端隐藏在夜色里，不见来头，不知去向，是一个让人有遐想的意境。

回到车厢，列车员开始拉窗帘，意味着要安静下来，进入睡觉状态的夜生活。身体安静，思想不安静，思想安静，梦不安静，我是这样，很多人都是这样。虽然铁轨框定了列车行驶的轨迹，朝着设定的目标前行，一个个站点地停靠，一批批乘客上下，一切都在程序中完成。可是从列车下来的人，一踏上坚实的站台，双脚就会向自己的目的地迈步，即便在列车上谈出了情谊，此时也只能轻轻挥手，说声再见，匆匆而别。

想到这我更安静了，抿抿嘴，想起了乡村人说过的"过路人客"的含义。我是过路人客，你是过路人客，车上的都是过路人客。安静的我，听到了有人窃窃私语，听到睡眠中有人辗转反侧，听到鼾声，听到叹息，听到出入洗手间来来去去的脚步声。这些小心谨慎的声音，仿佛是讲述列车上故事的回音。孙子背爷爷尸体回老家；回家过春节，买不到票；小偷行窃；骗子冒充铁路高层领导一路骗吃骗喝。当然，更多的是情人相约，亲人相别，网友相聚，跑业务，赴会议，参观旅游等。我把快乐、幸福、甜蜜的回音，留给那些正在熟睡的人，自己仔细辨听着余下的声响，感觉到出门的路不平静，坑蒙拐骗都有可能随途而行；回家的路是艰辛的，艰辛到不顾廉耻。这，路上能安静吗？

列车大概还是在戈壁滩上行驶，咣当咣当的声音告诉我车窗外没有丝毫纠缠，所以每一声响都干干净净地回到车厢里。这与夜一样宽广的戈壁滩上，干干净净的咣当咣当声，就如我幼小时听到母亲的催眠曲，我也有了睡下的想法，特别是在行路上，安静一刻算一刻，安静一时算一时，便睡下了。

四

　　有个关，就有了关里关外，玉门关更不例外，可如今我看那仅有一垛几米长的破城墙，一个窄小城洞的玉门关，无力雄踞大漠，把持个关里关外，而像一粒蛀蚀的独立门牙，四面受寒，再也没有言语。敦煌的雅丹地貌就在这玉门关外。

　　敦煌的雅丹地貌我总觉得曾经见过，或许是其中一角，是我在2007年那次西行，从"敦煌"到"花土沟"途中见过的，可今天向司机打听，他却说汽车没有从这里经过。但我依然坚信见过，当时我被这沙漠中的奇景震慑，像丢了魂，忘记拍照，可是那些沙海中如舰的土堆，总在我想起那方天地时出现在眼前，只遗憾没有一张照片为证。今天又来到这里，是遗憾的一次补偿。

　　走过这沙漠、戈壁，又走进它们的"钉子户"——雅丹地貌的地质公园。若有所觉：风、沙是一家人，是严酷的一家人。风多情时从别处带来种子，想种在沙里，沙则以炙热的怒火焚烧了种子发育萌芽的念头；沙漠偶有情怀，也想沾花染绿，风则一个劲连根拔起，把它吹到很远的地方，让它们永不相见。风、沙保持着最严酷的爱，相互看护着，纯洁到它们的领地连一只蚊子也容不下，就这样报复式地相守着。

　　风一起，沙就动，沙被风赶着走，一堆堆地搬动，沙以为这个搬动能堆出新的沙丘，那弯弯曲曲柔美线条能取悦于风，可在风看来是千年一貌，只不过是转个身，沙依然是沙。风不甘于只

会推沙成浪，不甘于单调寂寥，推沙的同时吹向岩石，沙丘不可琢，岩石可雕。风像顽童拼命地吹、刮，一年、百年、千年、亿年，终于创造出让人生畏的沙漠魔鬼城。这魔，魔在老，老到了无量时；这魔，魔在浑，浑得没空间感，有人说指南针在这里会失去效应；这魔，魔在岩上显千形万状，你有多少想象空间，这里就有多少形态。

严酷的风沙，它造下的风景自然也有严酷的一面。我猜想着这样严酷的家庭里，即便安静下来，处处能听到的也是磨牙的声

音，有着咬牙切齿的恨，烈日下我说这是一个炙热而又残酷，永不安静的地方。

五

"春风不度玉门关。"我猜想是诗人站在城头，面向苍茫大漠而咏下。他告诉了我，春风来自关内，若是关外，不度过玉门关，又哪来的"春风又绿江南岸"。诗心怀古，登楼远眺，临风追怀，此时我有了这种向往，可玉门关没了楼台，没了垛口，托体同大漠，像一个英烈，只留有一块丰碑。

从玉门关转身，我频频回顾，总觉得落下什么，检查过随身物品，都在！可还是回头寻觅着。找到了，在玉门关丢失的，在600多岁的嘉峪关这里找到了，不就是登高扶风吗！这里楼台高耸，墙厚体实，旌旗猎猎，足以释放情绪。进入城门，一道凉爽清风，如一柄古剑，把我身、影分离，身子留在城外，影子入城。影子如古人穿上都护铁衣，持枪荷戟，走上城墙，看大漠，看关山，报上一声，我是征夫禾源。胸前挂勇，背负走卒，挺胸迎向厮杀，负卒一往直前，争夺土地、美人、财宝，化作共同的口号：为忠义、为胜利而战！

想守住一方安宁的嘉峪关，自己则永远安静不了，狼烟飘起，战事告急，鼓声撼动，杀声震天。鸣锣收兵，征夫倚楼，望月思乡，声声刁斗来回响在戍楼上，月夜里翻滚着无边的不宁，沿着长城从西走到东，一直走到山海关。

历史写到书里的时候是安静的文字，读出来时却是生动的故事，再亲临这故事发生的地方，是一个个活生生的场景。箭楼万箭齐发，唰唰声响，血染蓝衫；瓮城中的将士如瓮中之鳖，看着城楼上敌军的弓箭，听见他们狂笑，知道是残酷的战争，把他们带向死亡。也许谁都不愿意打仗，都喜欢放马为逐鹿，弯弓射大雕，帐前听歌舞，入帐举杯美人伴。如是，如是，威严的嘉峪关，俯仰间有了许多温柔的微笑。东有光化门，西为柔远门，只为祥光普照，万物开化，忠君孝主，安居乐业；放马南山，怀柔天下，共享太平。城楼内有戏台，有阁楼，处处祥和安宁。然而历史告诉了我们，安宁只是一种向往，一种祝福。

　　我像个当值的走卒，在嘉峪关的城楼上巡回，手中戈戟随意一放，叮当一声，不仅仅响出刚毅的金属声，还透出兵刃的寒光，一道道的寒光又被收藏在城墙上的每一块青砖里。虽然说青砖不著姓名，不著年月，然而一砖一碑，一砖世界，它是千古征战士卒的碑，是一次次战争的见证者。风雨洗刷血腥，岁月刻下印记，山海关"老龙头"城墙的青砖也是这样。我以乡村供奉神

明牺牲品中的整牛整羊来推理（有头有尾意为整只），我可算拥有整个长城。

有人把长城比作一条巨龙蜿蜒盘旋在大地上。一根弯曲的草绳，会误认为是条蛇，何况长城是条巨龙，那活力可想而知。这条巨龙，从古至今，没有安静过，龙也不该安静。可我摸着嘉峪关城楼上的青砖，感觉中它是安静的。鏖战中，它安静地守护将士；庆功宴中，它安静得如祭台，托起牺牲的士卒。王、侯、将、相分享着战利品时，它默默地成了牺牲士卒的碑。也许正是这份安静，才求得长城内外的几分安宁，想到这，我三鞠躬，参拜这无名无字安静的青砖。

六

鸣沙山，莫高窟，我是第二次拜谒，第一次为游玩、瞻仰这神奇的地方而往，第二次依然还是这个目的。跟英国的探险家、考古学家斯坦因有着天壤之别，他带着驼队，一次次地走进这块土地，走进敦煌，驮走了许多文物经书。他一次比一次精，一次比一次狠，莫高窟成了他最用激情，最用心计的地方。

走近曾经的风景，有着久别重逢的情怀，心里热乎着，仔细地打量着她。我很欣慰，鸣沙山、月牙泉、莫高窟，跟我初识一样，五六年前走过，如今还能一见如故，真值得庆幸啊！小姑娘几年不见，喜欢人夸她长大变美了，若是一般的姑娘，更喜欢有人说，当年的丑小鸭如今变成白天鹅。但是一个上了年纪的太太，听到一句风韵犹存，依然光彩照人，几年不见变化，也会情不自

禁地昂起头浅浅一笑。鸣沙山、月牙泉、莫高窟大概属于后者。当然不是因为它们天荒地老，而是因为它们确实历尽沧桑，容不得它们再有日新月异的奇想。变化对它们来说就是革命，而革的正是自己现在的命。

对它们我过于用心，当年一棵树在哪，一块碑多大，月牙泉水漫到哪，都记得清清楚楚，还记得当时当地人告诉我月牙泉最深处是 1.4 米。那棵老唐柳还在，只是树头多了个保护它的水泥穴，穴外的沙已高过穴内树头；那块碑还在，只是变得更大更显眼；月牙泉的水依然清澈，只是多了围栏，泉边的沙地晕染面好像更宽了些。细微，变化细微，但我还是容不下这细微的变化，仿佛月牙泉已染上病菌。

我有些忧虑，叮当的驼铃能摇来真经神咒守护它们吗？空中的滑翔机，沙漠的越野车，那声响相对于驼铃，像咆哮的大兽吼向幽幽鹿鸣，这些的这些，那玩沙的小女孩成了娘再带孩子来的

时候，还有这月牙泉吗？沙漠的安静本该属于骆驼，可如今我不知道谁是主人。就像莫高窟的那些盗宝贼一样，在莫高窟安营扎寨，比主人更贴身，最终就连画在壁上的画也被他们粘切。

走过沙山的脚印，又被移沙填平，听说这里风有风路，只要这路线不变，鸣沙山，莫高窟一些创伤能自疗自愈，但愿风亘古不变，沿风道吹，吹，吹！

七

人只能敬畏天地，忧天叹地实际上是在忧人怨人，天地无私，大爱无疆，而总有些人，心比天高，欲望比地大，恨不得吞下天地，这能不感叹吗？我窃笑自己，置身在当今的社会中，就如投入酷暑的热浪中，一把扇又能摇出多少风，但我痴心不改，喜欢堂吉诃德式的骑士精神，也许正是这种精神让我守住了一条感恩于天地的草根，这草根得春风长绿，得雨水挂露珠，并不是杞人忧天的性情。

鸣沙山、响沙山，我不知道它们之间孰伯孰仲，但鸣沙山先入为主，响沙山在我这里自然次之。再说，"鸣"比"响"来得有文质有内涵，且声发至自身，响吧，也许有声无韵，有音无意，声从外入。听介绍果真是这样。鸣沙山的鸣，是在月黑风高夜山谷里传出古战场厮杀声或社戏鼓乐声。传说中是因为这鸣沙山在一夜间收埋了军队、社戏的戏班，他们阴魂不散，偶尔作祟。响沙山的响，是一群滑沙人从沙山滑下，双手插入沙中滑下发出的轰鸣声。呵呵，一个声音有故事，一个声音是玩味。于是，响沙

山成了我一路阅读中最粗心的一页，随缆车悬空游览，踩几脚证明到此一游。

沙之一族，还有沙湖，名为沙湖，实际上就是一座沙岛，沙山为屿，湖水荡漾，写下了水与沙长相依的独特一笔。我见过河边的沙坂，走过海边的沙滩。沙坂是水行千里的一堆记号，沙滩是朝潮暮汐的馈赠。这些的水与沙不是匹配的依存。而沙湖，沙水相对匹配，水域面积22平方千米，沙地面积近13平方千米，正是因为这种匹配的相依，沙湖被演绎成蒙古族女子贺兰与党项族青年漠汉的执着爱情结晶。故事中牵涉到成吉思汗。贺兰拒绝成吉思汗纳妾，与漠汉幽会私奔，服仙药化湖化漠，招致西夏被屠城灭族，贺兰山也是因此得名。故事演绎者跟乡村老人一样，只有古时候和现代，没有一朝一代，贺兰山之称该早于成吉思汗吧，但一样是古时候，古时候吧，就是同在尚古中，不存在先后，一切模糊得可爱。

这一路可以说看饱了沙色，又进沙山感觉只有人才是永远的风景。走的，坐的，斜躺的，摆姿态拍照的，一切生动。斜撑的太阳伞，艳丽的衣衫，样样激活单调的沙山。我喜欢这活着的风景，流连这样的风景，特别是在这样烈日下的沙山上。贴体的内服，敞怀的单衣，显山隐壑，洒脱自信；薄如蝉翼、防沙防晒的披风，随风飘扬，含而不露，露而不浪，曼妙无边，再添那副太阳镜透出幽幽的冷光，让女人洋溢出野气、妖气，有着鹿的温驯，又有狐的妩媚。这种美，不是脱俗的仙界之美，而是在野的充满诱惑力的健康之美。

村里有人说，一位可爱的女人是南山中的那眼泉，能灭火，能让人清爽；也有人说，一位可爱的女人是北山中的松明，能点火助燃，能带来一家温暖。村里人说的女人，是家庭中的女人，不是风景中的女人。但风景中的女人也一样是这样，沙湖沙山上，有了可爱的女人就能引来一片清风，清凉着许多不安的心。女人在走，风儿在吹，沙山清凉，得一份清凉，我也就安心地流连着这陌生又饱眼的风景。

八

人的身体差别不会太大，高大的巨人与小矮人，他们的差距总有个数，落差超不出两米。然而人的气概差别可就大了，英雄气吞万里，一跃千山，一吼千古余音缭绕。"驾长车，踏破贺兰山缺！"贺兰山口就这样随岳飞一声怒吼被打开，让我知道了贺兰山。今天真的驾长车进入贺兰山缺，向岩问画，拜谒先人，仿佛踩准历史的某一个脉点，接通英雄的气脉，平添了几分豪气。

进入贺兰山前的戈壁滩，岑参苍劲的声音缥缈而至，"君不见走马川行雪海边，平沙莽莽黄入天。轮台九月风夜吼，一川碎石大如斗，随风满地石乱走……"贺兰山前就是一川的碎石，最不可爱的就是这种地方，既为石又不整块，欲为土又满地碎石疙瘩。这样的地方不求稼穑，可就连骑马驾轩也不能。再望眼贺兰山，处处露峰，峰峰龇牙，锋芒毕露，像是刚崩裂的石山。这种山情，这种石况，就是山神鬼怪见也发愁。然而就在这种地方却留下先民的精神祈求——岩画。人、鱼、兽勒在石头上，活到了今天；戈、戟、枪刻在石头上，目标指向世代的文明。最出彩的岩画——太阳神，形异焕彩，自如地召唤着"六龙回日"，让天行恒常。

　　我不知道人的一生能有多少巧遇，可缘于这岩画，在贺兰山倒有几次喜遇。一是遇到几只岩羊，应该说是别人先遇见后指给我看，我近视得厉害，一直看不到，后来借助变焦相机找到了它们，不是因为岩羊太小，而是因为它肤色就是岩石的色彩。一粒白米扔进一块白布里哪有那么容易看到，但毕竟一动一静，动就会浮在静面上，让人发现。岩羊机灵，崎岖山岩，悬崖峭壁那岩羊行走自如。悠然处，回顾人群，淘气时，倏，跑得很快。贺兰山山谷，我总以为只有来这里的人有生命，这些人一离开，这山谷就只有鬼神，没想到还有岩羊。惊讶也会传染，从一个人传到满山谷里的人。惊诧波息，激动涌起，我看一对天生丽质的母女，相依在太阳伞下，母亲玉臂挥指，女儿沿指示凝望，这对母女一看，看出山谷一片的视线。激动中我与同伴方言交流，遇到了老乡。哈哈哈！出乎意料的境地才是奇绝之境，才是难忘之境。

　　据他们说"贺兰"在蒙语中是骏马的意思，这贺兰山就是一匹守在这里最安静、最高大的骏马。我带着向太阳神的敬仰，悄悄地离开了贺兰山。此时，一川碎石仿佛没那么讨厌了，想象中，若有撒豆成兵的法力，这碎石可就能会成为无比英勇的将士，与贺兰山一道守护着这方水土。

九

　　常有些人说：人吧，不管是荣华富贵，还是贫穷低贱，最后都是一抔土，用这个话安慰别人，安慰自己，在心理上战胜了权贵，活出一份尊严，或者说活出一点骄傲空间。这些年我参拜过十三陵、秦陵，这次又参拜了西夏王陵与成吉思汗陵园。年年清明都回村子扫墓。陵园是墓，村野的坟冢也是墓，里面容下的能是一抔同样的土吗？我想是不会的。高僧火化能留下舍利子，凡人火化就是一把灰。虽然人都是皮囊包的一副骨架，都是这副骨架支起的一身肉。可质地千差万别，正如同一块铁，可以是锄，可以是枪。锄，啃土，生锈，废弃；枪，杀生，生威，供俸。不同的生活中，同样的铁磨炼出不同的品质，也铸造出不同的灵魂。这墓中的土能是同样的一抔土吗？

"生是为死做的一种准备！"我觉得相当有道理，村里人对那些使坏、造孽的会骂上一句，不得好死！可见这好死不是容易得来的。为好死，你就得好生，要好生就得让他人好生。可是尘世中，仿佛都是大悖论，虎豹熊罴因勇猛残酷而为森林之王，它们好生；麋鹿山羊因软弱而成弱肉，它们处处惊险既不好生又不好死。人世间一样也不例外。尘世的悖论迷惑了我的心智。

我一度认为："生当作人杰，死亦为鬼雄。"是人杰，方能为鬼雄，是鬼雄，转世就又能抢占先机，找到皇家侯门出生，又为人杰。

有人呐喊："王侯将相，宁有种乎？"有人劝告："积善行德，福荫后代。"王侯将相，哪怕无种，但他有前生今世的富贵，就会有今生后世的霸权，霸权面前还会缺失富贵荣华吗？"积善行德"只不过是霸权下合乎人间鬼蜮之道，充其量能趋利避害，别指望福荫后代。

陵园的宽大，太阳炙热，陵园空旷，风吹有劲，我有了几分

清醒，清醒地一度认为，好在只是一度。渐渐地思维如一条溪，我把人世间的一切入溪中，陵园、土墓，王侯、平民，在溪水中长流万劫，因因果果，善恶分明。

十

吹吧！
我把我的两臂向你张着
我把我的胸膛向你敞开
你那雄浑的力的波涛
将吹举我到世界的上空飘摇
我要从墨翟那里看到列宁

要一直从《诗经》看到《战争与和平》

你将吹动我如云似的随你去遨游

使我更清楚地去看生活、看地球

　　这是张贤亮《大风歌》中的一节，我放声诵读着这首《大风歌》，想找出隐藏在诗中的右派原菌，可我找到的则是一股豪情，满纸乐观，一地阳光，像是建设者迎风向阳走在戈壁滩上的心曲。心存念、不变节承受得起就是最大的幸运。

　　张贤亮刨土挖地，泥土的芳香，永远的生机从脚底透入他的肌体，流出的汗息渍出地地道道的农民咸味，片片高粱栖息着作家的悲悯情怀，那片绿化树成了收获的一杆杆旗。张贤亮放牧，看着羊群啃着青草，自己嚼着草的味道，听着羔羊咩咩召唤，股股腥臊罩护着善良本心，骑上马背望着天边的云，云悠悠，马悠然，让他内心平静。牧马人，不是想策马追风，不是想驰骋万里，想着马就是自己。农场、牧场，风暴、雨涝，批斗、迫害。一切的一切，张贤亮依然是张贤亮，一切没有改变了他，而是加持了他，他是农民，是牧马人，是作家，是收藏家。

　　有人说镇北堡影视城是张贤亮在荒地上创建的文化产业，张贤亮自己说："文化是第二生产力。"我徜徉其中，这里有民国老街，有明清古城，这些都是仿古，真正能看到的只有一截明城墙的残骸，正是这截残骸让我感受到这就是隐藏在张贤亮皮囊中那副骨骼，凭这副骨骼支撑着他生存在这块土地上，支撑着他写下了许多注满情感有血有肉的作品。说这是产业，文化是第二生产力，而我说是一个作家内心强大的支撑力，是一个作家骨骼的曝光。我喜欢这影视城，喜欢透视到一个作家强

大的骨骼，不屈不挠的骨骼；喜欢它，时间从这里流过，留下许多可感的根节，每触及一根，都会有历史的回音，都有着张贤亮的解读。

因为喜欢就流连，也因此脱离队伍，我不仅喜欢这历史的一些镜头还原，还喜欢一些故事的镜头还原，所以我拍个不停。我拍到了一位红卫兵小将上台表演，上台说事；拍到了一位小姑娘造访酒楼的背影；拍到同伴坐进《红高粱》那顶轿子，还记下了他说："寻找巩俐的余温。"我说你就别想温度了。多少人喜欢历史我不知道，多少人沿历史根脉读懂历史我更不知道，但我知道，这些人是历史的复活，是故事的复活。我又想起陵园与这文化大观园，陵园深埋，文化活着，它是每个人的基因，哪怕千年万年，都会有契合点。

十一

人确实都有一种五官感受之外的一种感觉，不管是对陌生的还是熟悉的，都会有种直觉，村里的人常会说那地方阴，待不住，那人好，谈得来。这种感觉不着形，不着味，不着音，不着色，不着痛痒与粗腻，然而其境却让内心有了感受。

一路上的戈壁、沙漠、草原，这阳光下最宽敞的大地，我的内心感受，本要有狂奔的速度，苍狼的吼声，老马识途的经验，骆驼的耐力，与这样境地匹配。可我只是沙漠中一粒异类的沙，不小心落到草原中的一粒草籽，被旅游风波带到戈壁滩上的一粒小石子，若剥去游客的身份，会因这种巨大的压力而感到害怕。

我看着天空找一片云，无助地看着它，催促它向故乡方向飘去，想找一棵树，歇在树下得一时阴凉。我时时带着这种心情寻找着安心的理由。

骆驼，只有骆驼才是这广袤天地的平安小舟，才是所有行走在这大地上的人们的平安吉祥风景。高高的驼峰顶起抗争的意志，清晰悦耳的驼铃摇响了祥和，长长的颈项引领着目的地的方向，坚定而又稳定的步履踏实在每个人的心坎上，偶有一两声鸣叫，有着召唤的情结。我心安静，这安静全是骆驼给带来的。

骆驼凭自己的安详，带给大家一份安宁，它休息时静静地卧在沙漠上，不怕晒，不顾烫，起航时先抬后臀仿佛向沙漠一个叩拜，行走时抬起脚再轻轻落掌。骆驼这谦逊的祥和是与生俱来，天地孕育的吗？骆把式道破了天机：不要看骆驼一天不吃不喝，没有饥饿烦躁，实际上它一食要吃下七十多公斤草料，喝下四十多斤的水，不要看它们温顺，这些可都是骆驼中的太监，若没被

阉割的骆驼发情时会咬人，就连主人也咬。我有些漠然，原来安静都是修行来的，看起来这一路上我在寻找着安静，原来就是自己不安静。

蓝天下的白云是安静的，大地上的绿树是安静的，黄土高坡干枯的河道是安静的，草原上的牧马人是安静的，沙漠中的骆驼是安静的，戈壁滩上的砾石是安静的……也许路上安静都在心中。

鸣沙山与月牙泉

　　鸣沙山与月牙泉离敦煌市仅有 5 千米，占南而居。敦煌市的一声礼炮，鸣沙山会泛沙几缕，一束烟花，月牙泉会误为星星临泉。按理说与人世这种亲密的距离，鸣沙山与月牙泉也有着人间烟火味，讲究个门当户对或是势均力敌，然而它们的朝夕厮守却写下大大一笔悖论。

　　鸣沙山从东至西绵长 40 千米，是一条巨大的沙龙，一旦随风兴起，沙走山移，能让一个城邑消失得无影无踪；月牙泉弱如天仙一叶柳眉，贴在沙山之谷，泊在其中的一湾清水映不下沙龙的一片鳞甲，几阵风，几股沙足以填平。但它们确确实实走到了一起，朝夕厮守几千年，建造了人间仅有的山光水色，所以我斗胆说这是一个神魔之境。

　　鸣沙山这个满有儒气的名字，谁也不愿意它与魔字有瓜葛，若说其蕴含有几分妖气也许还能接受。看其形貌，沙山座座相连，不见悬崖峭壁，不见千仞怪岩，在阳光涂抹下是一连串灿烂的金字塔，有足够的魅力让人们一见钟情。于是唐人留诗是："鸣沙山畔听鸣沙，风静沙平别有声"的佳句。这种慈祥中透着韵味的景致，怎么会是魔！

　　时下的游客见逶迤沙山，安详静卧，体态丰腴，金光闪闪，

一种亲近的冲动无法控制。有的急着坐上骆驼伴着叮当驼铃，成了有身份的访客，有的徒步发起慢跑赶趟式的疾趋，有的已经登上沙山大声振臂挥舞……鸣沙山不愠不怒接纳了千人万众纵情欢乐，展示出万方母仪。我也在它身上踩出一行攀登的脚印，在它身体上体会过温热酥软的质感，感受过下山飞翔失重的快意，这样让人忘忧脱俗的沙山，怎么会是魔！

然而它的故事中满是魔道，杀人不见血、不见尸，不嗅一点血腥味。相传，古时候，一位将军，在此打了败仗，全军覆灭，横尸遍野。沙山之魔本有吞尸恶习，见此大餐，便狂风四起，风卷黄沙，天昏地暗，一夜之间，只见沙山绵亘，没有丝毫厮杀之痕。后来有人听到沙丘内时有鼓角相闻，铁击戈声，就把原为"白龙堆""漠高山"等之改称为"鸣沙山"。这则故事诉说的是它吞尸如饮之举，下面一则故事道出它魔性的凶残。也是在古时候，正月十五，这里闹元宵，耍社火，热闹非凡。踩高跷、扭秧歌、舞龙、舞狮、旱船、跑马、烟花、焰火、斗牛、游东洋车等，节目异常丰富。大伙正耍在劲上，看在兴头，鸣沙山被吵醒，一怒之下呼风使沙，把这里的热闹、这里的生命收拾得干干净净，吞食到自己腹中。群鬼阴魂不散，常聚集反投沙山之魔，于是鸣沙山时有雷鸣般的声音响起。

纤弱的月牙泉凭什么本事能与这种不显凶相、不露恶脸的魔头厮守着？这大概验证了道家相克相生的玄妙机理吧。

月牙泉是神泉：敦煌人说是善良的青龙与恶魔黄龙搏斗，不幸败北，挥泪告别故土，凝泪成泉。

月牙泉是仙泉：因为干旱，白云仙子为解人间疾苦，到广寒宫向嫦娥借月亮，想移水给人间，恰逢初五月亮未圆，白云仙子心急只好捧着弯月放进泉里，那泉便化成形如偃月的月牙泉。

月牙泉是佛泉：月牙泉底下有个雷音寺，当年有位游泳者，在月牙泉畅游时，不知不觉游到泉底。发现这里万道金光，紫烟萦绕，一排富丽堂皇坐西朝东的寺庙出现在眼前。山门玉柱挺立，雕刻着精美绝伦的麒麟、狮子、青龙、怪兽。门上悬挂着金光闪闪的"雷音寺"匾额，两条大鱼守在山门。寺院内梵音轻送，檀香缭绕，钟磬清脆。游泳的人陶醉其中，流连忘返，时隔三天，才想回家，和尚送他出了山门。

仙界方一日，世上已千年了，这位游泳的人出了月牙泉找不到乡村，也找不到雷音寺，便云游四方。月牙泉下有雷音寺之说就这样被传了下来。

月牙泉是人泉：敦煌的许多知情人相告，现在敦煌地下水下降得厉害，每年以 0.3 米到 0.7 米猛降，月牙泉由 20 年前面积 22 亩，水深 9 米，减缩至今面积 7 亩，水深 1.4 米。人一急，采取了人工渗透补水，如今在沙山里建起两个人工湖，注水湖中，给月牙泉挂点滴。

由此看来，月牙泉是得道多助，要不然一湾面积不过 10 亩、水深不超两米的清泉，怎么能碧波澄澈，镶嵌在沙山深谷中，日里看沙山游人欢庆，夜里听沙山鬼魂啼鸣。

我们知道人心向善，日日祈求，天天祷告，月牙泉要不腐不涸，月牙泉要寿与天齐。有的想种树固沙，有的想开发旅游赢得经济，再用钱来管护月牙泉。可是有的专家看出人类好心办了坏事，一是种上树，树如抽水机，吸取了月牙泉的大量地下水，二是种下树和建筑改变了原来的风向，使鸣沙山风不能把沙吹到山顶，而堆积半山腰和跌落山脚，于是月牙泉就越来

　　越小，越来越浅。听说专家的话引起了有关人士的重视，正设法如何返璞归真。

　　神魔有道，天行有道，人本该遵行自然之道，但是人总喜欢表现出自己的善恶观，表现出自己的喜好观，结果干扰了天道，乱了自然道，助长了魔道。月牙泉发出了忠告：天、佛、神、仙、人，都要记住"人法地，地法天，天法道，道法自然"的经文。

莫高窟的声色

　　莫高窟在敦煌 25 千米鸣沙山东麓断崖上，与苍茫灰色的三危山静静相对峙，中间一条小溪曾经流淌过沙山与石山，在岁月中对话，沙山踩过溪水给石山讲述着山中发生的事，石山借着月光站在溪边向沙山展示自己的巍峨，同时还标榜着英雄神

话，如是春去秋来，溪水就流淌着有声有色的故事。如今河床犹在，而水不再流淌，这些流不动的故事也就化成了沙砾，随风流而起。

声

鸣沙山从东而来的风，除了呼呼而鸣的自然声响之外，还带来了公元366年乐樽和尚留下的一连串声音。雄关漫道，前往西天拜佛取经的乐樽师徒，在落日的余晖中拖着长长的身影走到了鸣沙山的断崖前，乐樽一声"阿弥陀佛"，接着叮当一声把禅杖往地上一插，便吩咐徒弟取水止渴。这时三危山上闪烁万道金光，千佛显像，同时还有仙子随仙乐翩翩起舞。这景象在乐樽和尚又一声"阿弥陀佛！"声中消失了。和尚感悟：这就是西天极乐世界，便发宏愿要在此凿窟建寺，弘扬佛法，于是就在崖上绘画开凿。从此风里的声音便有了锤击钢钎、钎凿石崖的叮当声响。

又因沙石坚硬难凿，听说当时采取烧开水浸透渍石崖，浸渍一厘凿一厘，浸渍一分凿一分。于是咕噜咕噜烧水声，滋滋滋滋浸渍声，这种声响成了铁与铁、铁与石撞击声响中的阴柔一面，一阳一阴，阴阳和谐凿下一个洞窟，又凿下第二个洞窟。

后来的1000多个石窟是在权贵攀比中凿下的：前朝要功德凿窟，当朝更胜；平民要平安凿窟，经商也要顺水顺风，投小利大，更要凿；百姓凿窟不仅流芳留名，还建功德，身为朝廷命官，身贵位显，更要凿。这些声音在这里一浪接着一浪，一直喊到了元朝。

从元朝开始大概是战事频仍，官兵忙于攻城守城，商旅因战火纷乱不通不往，平民百姓为避难迁徙流亡，莫高窟也就香火断绝。从此便是明月点灯，风唱梵音，佛和菩萨闭关禅定，沙石为他们封好关口，这里静如圆寂。

清朝1892年湖北道士王圆篆矮小的身材穿着宽大的道袍和当年乐樽和尚一样云游来到了莫高窟，他被宏大规模佛祖圣地震撼了，啧啧赞叹！"太可惜了，这样的大产业没人管护，佛家弟子都到哪了，如是任风剥沙埋。唉！"大概是"天将降大任于斯人也！"他在感叹中，决心住下，要为莫高窟重见天日开关启符。就这样，一个道家弟子就把自己的最后40年（1892—1931年）的光阴用来看管佛家产业。

从此莫高窟的风中又有了许多声响：王道士为修复洞窟，四处化缘的谦卑言语，民工们清沙挖沙唰唰响声，道士民工见威武佛像、多彩壁画啧啧赞叹的声音，月下窟前道士向民工讲述壁画的故事声，等等。不知是佛家还是俗世或者道家的需要，道家人说起佛家的故事，俗家人听得一样津津有味；俗家人为求佛祖保佑，道家人一样把佛事做得有条不紊；佛祖也为了让百姓认识佛法，宽容大量地说：众生平等，弘法即是弟子。就这样王道士在莫高窟功德也就越做越大了。这里香火缭绕，礼佛百姓络绎不绝。

清光绪二十六年五月二十六日（1900年6月22日），一位被王道士请来抄经的杨先生，到16号洞窟中去焚香，当他把香火插到甬道一个壁上时，发现了这个壁是个洞壁，当即告诉了王道士，王道士叫上了几个人，弄出了挖掘声、破墙声。就这几声的几声，挖出了震惊世界的藏经洞。王道士见如此多经文也慌了神，不知是福还是祸，吩咐封上。但见光的经文，那尘封多年的

经卷气早就飞向大漠戈壁。王道士知道自己法不足，不仅收不回这书卷气，还怕保不住经书，就求救于官府，这以后莫高窟风声中有了——

县令严泽："臭牛鼻子，你拿这些废黄纸来干什么。"

进士出身的汪县令："就地保藏，看好藏经洞。"

肃州道台廷栋："这经书上的字还不如我写的。"哈哈大笑。

省政府下令："检点经卷，就地保存。"

……

这些严词厉令和讥讽自嘲声，王道士当然声声在耳。因为这些话全由"启禀大人，这是贫道在敦煌莫高窟发现的经书，

请大人明鉴！"招来的。王道士这句话说了一回又一回，可就是不奏效，道家人行的是急律令，一次次求助的失败，又好几年还无人问津，王道士思想上对"检点经卷，就地保存"也淡化了许多。

1907 年莫高窟的风向发生了变化，从西刮到东，并吹来说洋话的斯坦因的声音。斯坦因已经在西部考察多年，运走了大量的文物，又嗅到莫高窟藏经洞经卷味，兴奋得如蝇嗅血，便带上翻译蒋孝琬在莫高窟安营扎寨。从此这里的声响有了许多世俗的东西：诱惑、煽情、攀缘等。虽然轻声细语，但是刻录了震荡后人超声波。

斯坦因想尽了办法与王道士接触，通过蒋孝琬当说客。捐款修窟，崇拜佛教，出资保护经书，高资购买经文等。王道士也陪着十分地小心，考察过斯坦因，觉得他有学问、讲信用，能保守秘密，防线就这样一道道给破了，不仅让斯坦因进了洞窟，而且一次性卖给了斯坦因满满 24 箱写本和 5 箱经过仔细包扎好的绢画和刺绣等艺术品。斯坦因经过 1 年半的长途运输，于 1909 年 1 月完整地运达伦敦，入藏英国博物馆。斯坦因记住还有许多经卷他没拿走，陆续又进了莫高窟几回，直到他没牵挂了，回顾时说了一句话："东方太伟大了。"

与斯坦因交易后，王道士有了许多不安，从此后常听到的是他发宏愿修复莫高窟的祈祷声，听到的是他翻着笔记本记着卖经卷收入的一笔笔账。

莫高窟参观考察如流，高峰论坛滔滔不绝，导游介绍声情并茂，一切的声响，最后归为一声感叹！阿弥陀佛！生生灭灭，缘来缘去。

色

　　鸣沙山沙堆成色，三危山铁色重刷，莫高窟又是一座佛教重地，从灵魂上说这里的法号是：色空。能看到应该就是和沙山一样色调的僧袍，与三危山一气的沙弥僧衣。可是莫高窟内近5万平方米壁画，则是形真色美，襟飘冠巍。佛、菩萨、神、人，花、虫、鸟、兽，众生详备。佛家说法传经，得道飞天，皇亲贵族的出行、宴会、剃度、礼佛，平民百姓的农耕、狩猎、捕鱼、制陶，婚丧嫁娶、歌舞百戏、商旅往来、民族交往、外国使者等各种社会活动样样涉及。千姿百态，色彩斑斓。我想这里铺展的壁画写下了"山水显真色，俗心万千像"的俗世本真。

　　正因为俗心解读佛教，俗心追求取向，才有了"佛法在世间，不离世间觉"的觉悟，才留下多彩佛教文化。

　　造访各个洞窟，看过不同朝代色彩。细听过各类壁画的故事。赤、橙、黄、绿、青、蓝、紫七种主打色，绘下千古"发心"中的名利阴影。许多的洞窟都画下供养人画像，甚至还带上家族、亲眷和奴婢等人。如是为之，既为传颂他们虔诚和发心，也为他们流芳千古。世俗人知道人将老，色会衰，寿有终，而留洞窟的壁画会与佛偶同辉，色泽总是那样鲜艳夺目。活不了百岁千年，留个壁画也足以安慰欲活千古的心灵，于是壁画中供养人的画像是一代跟着一代，一层盖过一层，许多窟内的这种画像都有了三层。

　　七彩的主打色，一层层地重叠，名利阴影层层加重，也就跟不了那些修行得道的飞天而去，而如飞天壁画，一直留守在莫高窟，讲述着大漠中不求名利，为孝道舍身取颜料的故事：

"美丽的姑娘，跟随父亲作画，画期将到，可缺颜料，难以按时完成，如是父亲要遭罪劫。于是她为寻找壁画的颜料，在三危山被石龙咬断十指。得观音指点，找到藏有颜料的龙洞，可没人敢进洞去取。结果还是这位断指的美丽姑娘奋勇进洞，龙吞姑娘后吐出五光十色的颜料。她父亲终于如期绘下壁画，免遭于难。"故事像幽灵一样附在壁画上。

因无而生有，因有而生灭。一切皆因有，莫高窟壁画多彩，佛身金装，也就招来许多的灾劫。

1922年，白俄罗斯陆军少校阿连阔夫，带领残部500余人，逃奔到敦煌莫高窟扎营，将洞窟和寺院中的门窗和牌匾当柴焚烧，在洞窟内架锅生火做饭，致使莫高窟许多壁画被烟熏火燎失光失色。他们见佛像灿烂金装，便大肆搜刮金粉。1924年，美国人华尔纳潜入莫高窟，面对精美的洞窟壁画，便用化学胶布粘走了壁画26幅，并盗劫盛唐彩塑数尊……

莫高窟声可震天下，色可照千秋，历尽灾劫，辉煌依旧，这是莫高窟随缘造化而得。

一面之缘柴达木

　　水利专家说：若是敦煌西湖自然保护区保护不好，不出50年敦煌就是第二个楼兰。这一警世之言，增加了我西行包袱的重量。离开敦煌要穿过柴达木盆地，到青海最西北边的花土沟住店，而后再往新疆去。理想里是在柴达木盆地中找到水流这一生存的命脉，把"50年后，第二个楼兰"这个包袱就近卸了。于是选定车子靠窗的地方坐下，向大漠戈壁问水。

　　出敦煌，出阳关，一路上沙漠连着戈壁，戈壁则苍苍茫茫，一望无垠，疲惫的视觉里，近石当牛羊，远石则成群成队；突如其来的雅丹地貌，则如沧海中的岛屿、船艇。眨眼又眨眼，才清醒着一切。

　　汽车只要有人坐，总不寂寞，穿过瀚海，爬上高山，跑得无怨无悔。到了当金山垭口，见到"海拔3465米"的提示牌，我知道了确切地址，便把行踪告诉朋友。"真了不起，这可是神鹰向往的地方！"如鹰翱翔而归的短信，鼓起了我的豪情，对着昆仑山默诵着《白雀歌》赞叹着阿尔金山。"……嵯峨万丈耸金山，白云凝霜古圣坛。"车里的人也惊喜着在阿尔金山上，看到昆仑山脉的大雪峰。

　　柴达木盆地就是在这峰顶玉雪，氂流冰水，笑看大漠孤烟，

默送长河落日的阿尔金山和被誉为神山之父的昆仑山脉。我想这样两山南北相围，东面又有祁连山镇守的这个盆地，一定是"地长菩提树，花开并蒂莲，果结大蟠桃，满地是葡萄，处处随听织女牛郎窃窃私语"，可是到盆地中的冷湖镇，才知我的想象过于脱俗，完全是受敦煌飞天壁画多姿多彩的烂漫和大胆创意的影响。这里只有戈壁，能站立着的是电杆和井架，能动的就是汽车和油井的抽油机。有位作家写到柴达木时，是这样描述的："车夜泊在这空荡荡戈壁里，只有车灯和马达声证明这里有生命的存在。"是的，从冷湖到花土沟几百千米的行程，看不到半点零星的绿，这块盆底被洗刷得太干净了。

西王母与周穆王在昆仑山上约会分别时，西王母咏唱的是："徂彼西土，爰居其野。虎豹为群，于鹊与处……"《九章》题曰："登昆仑兮食玉英，与天地兮同寿，与日月兮同光。"这里应该是风吹落英、水流吐玉、山来虎啸、谷传鸟鸣的地方，是一个五光十色、草绿花香的地方。而如今，实实在在的干净和苍凉让我失语，让我思考。斗转星移，山川变故，难道就连美丽神话盆地也兜不住几则？

花土沟的茶座随落日而传来了青海花儿，唱出了雪域高原的清凉明亮。男声如鹰划破长空，女声如白云随鹰而飞。我虽然听不出歌词的意思，但高亢嘹亮的歌声在我的感觉中没有半点杂质，没有丝毫混浊，没有一点含糊。只有雪域高原的雪水才能滋润出这样纯洁清亮的歌喉，我和许俊文老师在室外听得不过瘾，便进入歌厅，争取到最近的距离，感受着美哉、壮哉、悠扬的青海花儿。

街上起风，风来沙随。石油工人喝酒，酒气随风沙而行，带来豪情，带来男人的野性。他们要水冲冲，化一化白天里从戈壁晒回的热量。可水难得啊，一年到头也飘不落几滴。女人喜欢花草，都到有树有花的地方去了。就是青海花儿好！蓝天是她唱来，皓月也是她唱来，戈壁的热浪是她唱走的，男人的野性也是她唱走的。青海花儿是盆地里的莲花，雪山流下雪水。

我也醉了，醉卧戈壁，听着花儿，看着月光。躺在戈壁里的我，身子和戈壁服帖。听到柴达木盆地地下的河在汩汩流淌，树在喷薄开花。他们说那是石油，那是矿石。感觉到青海的灵魂像风一样从我额头飘过，他们说那是花儿在唱。我心空旷，空如柴达木盆地，12万平方千米面积任我思绪驰骋。我神飘逸，追随着青海花儿一腔一板上了雪原。

一个醉汉扶着酒瓶，唱着花儿，在笑话我时，躺倒在我身边，我终于听懂了他的歌："喝酒的盅子是两个，实心（哈）实意你一个，和我的身子是两个。实心（哈）意心一颗。""山丹丹花开刺刺儿长，马莲花开到个路上；我这里牵来你那里想，热身子挨不到个肉上"。

柴达木盆地，我们虽只是一面之缘，但有着钟情的冲动，我要成为盆中的一粒沙，天天仰望高原的雪峰，仰望大漠的皓月，倾听西王母咏叹"白云在天，丘陵自出。道里悠远，山川间之。将子无死，尚复能来"；周穆王真情相慰"予归东土，和治诸夏。万民平均，吾顾见汝。比及三年，将复而野"；倾听青海花儿的纯情歌唱"史纳和享堂连着哩，海石湾过河着哩，时时刻刻牵着哩，靠你这活人着哩。""青海湖边的藏羚羊，头羊把尕羊娃领上，出门的阿哥回家乡，漫上个花儿著美当。"

流淌在红柳谷的生命

　　在天人同体的哲理中，我找到了依据。山，以峰为首，群峦为躯，溪河为脉络，树为戎装，晨雾暮霭为吐纳。借此反光，我觉得阿尔金山是一具横亘于塔里木盆地和柴达木盆地之间的裸体僵尸。山梁山坡没有一点生机，沟沟壑壑不滴一滴泉水，不见云雾，不见朝气。生命的迹象只有我们这些"寄生虫"在徘徊，和出生于本土的苍蝇在乱飞。

　　我们所落脚的途中客店，就在这躯体最宽厚一截中的巴州石

棉矿厂区。这里的日子不同别的生灵分享，时间显得过于充裕，于是我们设法把时间消耗，找人聊天，出门看天。从中也就知道了这里还生存着五只乌鸦；知道了他们为洗一次澡要花上 35 元钱，赔上一天时间。还看到了石棉矿的粉尘起起落落，把铁锈色的石头山粉成死灰色。所见所闻，仿佛知道了阿尔金山、罗布泊、可可西里、藏北被称为四大无人区的原因。死去的山川怎么养活人呢？

狂风扬起，粉尘极不安分，托起一些用过的手纸和塑料袋随风向客店里蹿，我赶紧把门关上，一阵子后，它们全撞倒在门外，堆成一堆。一个晚上，风沙不住拍打着门板，我用警惕与它抗衡，实在困了守不住阵脚才无奈睡下。可才眯眼，回老家的梦就来了，思乡的泪流到了梦里，看起来无论多么坚强的心，搁到这样的地区也会被击碎。

晨光没有热量，风带着凉意，离开心切，我们早早坐上车子，可是司机为了凑足人数一直折腾到 10 点钟，车子才破热浪向米兰开去。

戈壁和石山，这些日子见多了，不足为奇，车子进入一个峡谷，不得不让人留神，坡度大，路面小，怪石时时有撞车之感。

有树了，是红柳，一棵，还有一棵，几天没见过绿意的双眼，警惕着怪石撞车的双眼，一下子亮堂。我们到了罗布泊之南红柳谷的端头。红柳绿了视野，绿了心野，生死的太极开始变卦，又过一程，灰暗的阿尔金山脚终于渗出一股泉水，而且随行程加长，水流量也在不断地增大；随水流增大，红柳谷也从狭窄慢慢变宽，红柳也从零星到有了成片。天人同体，谷里有树，壑能流泉，阿尔金山没有死，还活着，只是岁月让它累了，躺着晒太阳。

　　红柳谷活着，阿尔金山也就活着，但也告诉了我们活着的艰难，就前些日子这里还有野驴、黄羊等，可是它们在修建315国道中迁居了，红柳迁不了，只能在这里忍受着一切。虽然315国道的设计师有意保护红柳林，回避这片林地，公路沿山脚而行，但公路建设中的开山炸石、简易通道、工棚搭架、部分工人采挖锁阳，确实毁坏相当多的红柳。驾驶员很文气地说，百里红柳谷的红柳在哭泣。

　　它们有的被压在石堆下，有的被挤在缝隙间，有的被挖土机连根拔起，有的被挖锁阳掏空根部，但红柳还是坚强地活着。就在我感叹着红柳命运时，谷中一个小年轻拖着瘦小的身影在行走，让他上了车，他说没钱。车上的人对同类有着一样的悲悯心，大家请求司机，司机满足大家，免了他车费。他年仅19岁，从四川绵阳来到这里，想赚些钱，过好生活。可是这里太阳出山早，落山迟，他受不住过重劳动负担，只好一走了之。

　　从红柳谷到米兰，日夜兼程也要三天。同车而往的一位小弟见到四川小民工，感慨而激昂地说老板下的民工过的不是日子，当年他受金矿老板以每月 5000 元工资的诱惑，被骗到矿区，结果也是苦不堪言，最终也只能选择逃跑，带了几块烙饼，一共跑了五天五夜，才逃出来。刚逃时还有车追枪赶，还好没被追上。现在当了石油工人，一切都好了，有劳保，还有保底工资，多劳还能多得。

　　谷里的红柳，我想一定一样珍藏着更多历险和艰难的故事，它生存在阿尔金山、罗布泊两大无人区之间，沙堆多高，根发多高，以自己的顽强的生命，用绿色和红花笑傲在阿尔金山的峡谷中。

　　红柳谷的红柳，金矿逃出的年轻人，四川绵阳的小民工，你们都是红柳谷中流淌的顽强而有抗争能力的生命。这种的生命相对于阿尔金山与罗布泊虽然是那么弱小，但恰恰是有了这弱小生命，才有阿尔金山伟大的生命存在。红柳谷流淌的不是红柳的生命，而是阿尔金山的生命。

邂逅老米兰

　　我在午后的烈日里，蹿到了老米兰城的废墟中，光亮的阳光下，白茫茫的沙漠上，废墟中的残墙、破塔，各侍向隅，一切明摆。不知是相互怄气还是各自参悟，一片的死寂让我本来膨胀的兴奋，变成短小的黑影，如鬼魅般躲躲闪闪出没它们之间。

　　虎死留皮，人死留名，这个消亡的米兰城留下什么？是残墙和沙砾，是被人誉为代表老米兰的古戍堡和东大寺。是的，凭借

直觉就是这些。锁阳城、高昌城、古楼兰也差不多都是这样。

城邑的残骸，如同人的骷髅，在平常人的眼里，很难分辨他们生前的形态。于是我与老米兰邂逅，并没有陌生的感觉。若就满足于此而别去，是非常的遗憾，米兰这充满磁性的名字，早就强有力地吸出我无限的遐想。

面对米兰残骸，我恋恋不舍，学着村里巫婆的样子，闭上眼睛，口中念念有词："天灵灵，地灵灵，五方来神明；揭开千年梦，招来米兰魂。"为的是从这遗骨中识得米兰，寻找到一些自我的安慰。

心诚则灵，一阵风，一场沙，天使来了，菩萨天王来了，小鬼也来了。我那短小的黑影激动得被一粒小小的鹅卵石绊倒，欢悦的情怀涔出了汗水，更多的拘谨，觉得自己浑身的汗息和浓郁人气，贻笑大方。

楼兰天使：清秀峨眉，大眼睛，高鼻梁，鼻尖而翘，薄薄的红唇，稍尖的下颌，略高的颧骨。我那短小的黑影无地自容，缩成一团暴露在沙地上，嘴里嘀咕着，这是俊美，俊秀！天使款款而行，不言不语，白色羊绒帽上的三根雁翎，摆动得风姿翩翩。但深邃凹陷的双眼，薄唇轻抿，忧郁的神色永远写在她的俊美脸上。

天使的忧郁是因为汉朝的屯兵，米兰的渔歌、牧笛，被开渠夯土声淹没。保护鄯善王的陈司马带吏士、狱卒、罪犯，开沟引渠，屯垦种地，修城池，筑宫殿，让鄯善王钦佩相从，天使从伊循（米兰城）屯兵开始，预示到楼兰的消亡，怎么能不忧在心中，郁结于脸庞呢？

菩萨和天王本该在龛上，听钟磬木鱼敲着祥和，看檀香明烛

点着太平。

一拨小鬼哭哭喊喊，他们自告奋勇说是来米兰寻找陈司马算账，就因为陈司马给了他一块白馍，一些麦种，他放弃渔牧，砍了大片胡杨，开垦种地。就因看到陈司马修建的宫殿，而放弃了土窑草寮而学会了夯墙伐木修房。可是后来发现水渠渗水，田地飞沙，要找陈司马想个办法时，他不知去向了。风灾从天降，沙灾平地起，瘟神关怀着每个人，饿的饿，死的死，可陈司马不知躲在何处。

我信神疑鬼，鬼也看出我的疑心，于是便劫走我的影子，到了罗布泊，看过弃在枯干河床边的独木舟。

独木舟搁岸是渔人的上岸，诺亚方舟停泊，是新一轮人类繁衍的开始。诺亚方舟就泊在米兰城，人类是从这里蔓延而去。不管是传说还是故事，或是创作，在这里有许多的契合点。母系社会，诺亚方舟人种繁衍，《西游记》中米兰的女儿国，楼兰天使的俊美，这一切安排在这里是相互演绎，没有丝毫矛盾。就如子母河虽然水流黄沙，但没有把美丽故事流黄。

唐玄奘赴天竺取经，师徒四人途经子母河时，唐僧和猪八戒感觉口渴，便喝了几口子母河的水。一会儿便觉得肚子疼痛，以为是进了寒气，便向村子里的妇人要姜汤以驱寒气。村妇询问疾病的缘由后惊叹道：你们不是得病而是有喜，这里是女儿国，没有男子，女子要想有孩子，就饮子母河的水，即可如愿。你们误饮此水，必是怀孕无疑。猪八戒大骇，失声大叫。村妇说："不要紧，你们可到解阳山破儿洞取来落胎泉水，喝下就可以打下胎儿。"

又一阵风，一场沙，我在残墙下苏醒，短小的黑影，被拉长

好几倍，我想踩着自己的影子回米兰新城，可是影子总在身后，一直流连米兰古城，回眸着天使，想在苍茫沙漠中能有唐僧之福，遇到女儿国国王招亲，回到从前青山绿水中，过上渔牧游猎的生活。

胡杨魂铸巴图鲁

　　塔克拉玛干沙漠边的公路两旁，忽左忽右的胡杨林，阻隔了沙漠相亲，沙进人退的局面。胡杨日夜坚守，风沙日夜剥蚀，倒下了树，昂起的虬根，依旧展示与风抗击的顽强，折断的树干，像一把把狼笔，直指上苍。胡杨你就是巴图鲁。

　　"生而不死一千年，死而不倒一千年，倒而不朽一千年。"千年铸造一字，三千年铸造了"巴图鲁"（英雄）三个永威的大字。

　　我像寻找道家鼻祖——老子的树父，寻找释迦牟尼佛的开悟的菩提树一样，寻找着胡杨魂的子孙。摇着知识的驼铃，从楼兰贯过中原，一直到天涯海角，在这深深浅浅的跋涉中，我遇到了许多豪杰英才：修长城为院墙的秦始皇，对风咏叹"大风起兮，云飞扬"的汉高祖，用马背驮起一个大帝国的成吉思汗，玄武门当机立断开大唐盛世的李世民……我以为这些都是胡杨魂铸，要不然哪来的这样伟大。但在塔里木河的波澜里，闪亮的只是他们的皇家气派，折射不出胡杨在求生求存中袒露的侠气。

　　我又从禁烟的虎门西行，沿着当年长春道人邱处机帮助成吉思汗打天下的古王之路，历经扬州，跨过黄河直到伊犁。伊犁河扬波击拍传来了"中原果得销金革，两叟何妨老戍边"慷慨激昂的咏叹。这竭河临风赋诗，而又无怨无悔者，就是那位虎门销

烟，令英夷和太平天国胆战心寒的清朝名将林则徐。我，从塔里木河借来了清水濯洗着尘封名将的岁月尘埃，看到站在戈壁滩上的那副不屈的骨架居然是胡杨的枝节，森森白骨的灵光是胡杨与沙漠抗争中吸注的天光地气。激动中，我对着大漠胡杨像吼

秦腔一般的呼喊：胡——杨——林，我——看——到了你魂铸的子孙！

胡杨，13500万年的古冈瓦纳大陆的热带残留遗种，远在热带、亚热带河湾吐加依林，在2500年前，安家落户到新疆境内，这不是一种选择，而是天将降大任于斯人也。茫茫戈壁，地球的幽灵，风来沙动，沙移成灾，不经意间吞噬了绿草茵茵的草地，湮没了"风吹草低见牛羊"的祥和，掳掠了美丽金边衣裳的憧憬。部落、城邑变成"天上无飞鸟，地上不长草"的荒漠。这强大的幽灵谁来抗争！胡杨就为这使命随水而来，同风沙展开了不休的争战，晨阻塔克拉玛干大沙漠北移的步履，午抗大漠干热风的袭击，夜治叶尔羌河任其横流泛滥的野性，不愧是"沙漠勇士"。

"沙漠勇士"是人类赋予胡杨的英名，胡杨用在自然法则中表现出不屈的耐劲教化人类。林则徐秉承一脉，虽生逢清朝衰败，外患英夷，内值太平军起义，但如胡杨孑然挺立于朝野，在奉命广州禁烟中，以特有的顽强和英勇于虎门销毁鸦片两万多箱，痛击英夷，抗击了和沙漠一样吞噬人类的一股幽灵。

林则徐本为功臣，万民齐颂"民沾其惠，夷畏其威""仁风其沐，明鉴高悬"，可是道光皇帝则以"外而断绝通商，并未断绝，内而查拿犯法，亦不能净，无非空言搪塞，不但终无实济，返生出许多波澜……"的严词斥责，并治重罪，遣送新疆伊犁戍边。

林则徐离开广州到伊犁去，刚出发时带着愤慨和伤感，可一出西安，嘉峪关一闯，咸阳古道劲风一吹，则昂起了头，像一位远征归将，到呼图壁，骑上哈萨克人送来的伊犁马，不存半点气馁，"苟利国家生死以，岂因祸福避趋之？"心情大为释然。哈萨克人大声高呼"林巴图鲁，林巴图鲁"。这呼声不就是塔里木人呼胡杨"沙漠勇士"的回音吗？维吾尔族人给了胡杨"托克拉克"（最美的树）赞美的回音吗？从此他和新疆人一道过着"荒碛长驱回鹘马，惊沙乱扑曼胡缨"抗争风沙的生活。他亲历库车、阿克苏、乌什、叶尔羌、和田、喀什噶尔、巴尔楚克、伊拉里

克、吐鲁番、塔尔纳沁、哈密等城，纵横三万余里，察水源，辟沟渠，教民耕作，开辟了各路屯田37000余顷。

林则徐把个人的不幸遭遇置之度外，只盼那"迢迢一片龙沙路"，早一天变成"乡垄千顷"的塞外江南。

自然环境恶劣，年老多病，朝廷和太平军杀手出没无常，危机四伏。这种的生存环境非林公则徐不能存。

昼夜温差大，盐碱含量高，干旱水涝无序，水分蒸发极大，这穷凶极恶的环境非胡杨不能繁衍。

胡杨幼树枝条长出的是林则徐故乡柳树的细叶，林则徐习文练武学的是胡杨顽强的意志。胡杨长高便有了能遮阳蔽日的杨树圆叶，林则徐得中进士当名将也有着杨树一样的伟岸。胡杨干硬的枝干千姿百态令人倾倒，林则徐几召几遣而不屈不挠令人敬

佩。胡杨林沙漠的勇士，以根为马，以枝为剑，坚守在沙漠前沿。林则徐勇士魂铸的巴图鲁，以魂为根，以剑为枝，治风沙行走于这块土地间。他们同样是沙漠上的"托克拉克"。

虽说沙漠这幽灵还在不断吞噬着我们的肥沃土地，但胡杨那不朽的灵魂唤醒了世人，还铸造了更多像林则徐一样的巴图鲁，胡杨辉煌的季节，就是最美的季节，戈壁滩上将是一幅那金黄色的、金红色的、金棕色的、金紫色的胡杨与湛蓝湛蓝的天空竞相辉映的壮丽景色，呼呼大风歌奏响的是生命之魂的赞歌。